Die Ruine eines alten Opernhauses soll abgerissen werden, ein Einkaufszentrum ist an seiner Stelle geplant. Eine Gruppe von Investoren besichtigt die Immobilie – und entdeckt in dem zerbröckelnden Gemäuer King Arthur, den Zauberer Merlin, Luft- und Erdgeister aus Henry Purcells Oper. Seine Musik hat sie zum Leben erweckt. Tankred Dorst hat zusammen mit Ursula Ehler in einer alten Geschichte eine neue erzählt: die Konfrontation einer utilitaristischen Wirtschaftswelt mit den Schatten all der Gestalten, die da auf der Bühne ihr Leben hatten.

insel taschenbuch 3063

Tankred Dorst

Purcells Traum von König Artus

Parkgarage des ehemaligen Michigan Theater, Detroit.
Foto von Camilo José Vergara. 1995.

Tankred Dorst
Purcells Traum von König Artus

Ein Nachtstück

Mitarbeit Ursula Ehler

Mit einem Nachwort von Norbert Abels

Insel Verlag

Umschlagfoto: Hans Siwik
Seite 4: Foto aus: Camilo José Vergara,
American Ruins. The Monacelli Press, 1999
Seite 84: © akg-images

insel taschenbuch 3063
Erste Auflage 2004

Vertrieb durch den Suhrkamp Taschenbuch Verlag
Umschlag nach Entwürfen von Willy Fleckhaus
Druck: Memminger MedienCentrum AG
Printed in Germany
ISBN 3-458-34763-1

1 2 3 4 5 6 – 09 08 07 06 05 04

Purcells Traum von König Artus

Personen

Purcell, ein schöner Sängerknabe

Die Operngeister:
König Artus
der Magier Merlin
fünf Shepherds, König Artus' Gefolge
der Zauberlehrling Filidel
die verrückte Bess
zwei Nymphen

Die Investoren, darunter:
Collani, Geschäftsführer der Investmentgesellschaft
die blinde Emmeline, eine reiche junge Erbin
Emmelines Tante, ihr Vormund
Franky Frank, junger Geschäftsmann

Enthusiasten und Freaks:
Flower, die junge dicke Frau vom Zeitungskiosk
Jeff mit der Narbe
Frosty Billy
Sorbello, Gesangslehrer

Ort: ein ehemaliges Opernhaus im Verfall

Merlin:
»Remember well, that all is but illusion
Go on; good stars attend thee.«

John Dryden: King Arthur, 4. Akt

1. Stimme · Die blinde Emmeline horcht auf die wunderbare Stimme Purcells und fällt fast in den Orchestergraben. Die Tante rettet sie.

2. Irritation · Filidel macht Späße mit einem Investor.

3. Neue Dynamik · Die Gruppe der Investoren geht durch die Räume der zerstörten Oper. Der Geschäftsführer Collani erläutert den Plan: Ein Einkaufszentrum wird hier entstehen.

4. La donna è mobile · Franky Frank begibt sich abseits, um mit einer Freundin zu telefonieren.

5. Der Weltverbesserer · Franky Frank begegnet Jeff mit der Narbe, der behauptet, das Höllentor zu bewachen, Gut und Böse zu trennen.

6. Der König · Die Investoren beugen sich über König Artus, der aus einem Haufen alter Stoffe, Kulissen und anderem Plunder herauskriecht und singt. Man könnte ihn als Logo für das Einkaufszentrum verwenden.

7. Sage mir, was ich denke · König Artus in Verwirrung. Ruft nach Merlin. Was denkst du, König Artus, fragt Merlin. Erinnerung an ein blindes Mädchen, das sehend wurde. Erinnerung an Schlachten, Heldentaten. Triumphale Musik.

8. Ich werde singen · Die Musik lockt Flower an, die junge Frau vom Zeitungskiosk gegenüber. Sie freut sich, denkt, das Opernhaus wird wieder eröffnet. Sie will singen. Der verrückte Gesangslehrer Sorbello will ihren Auftritt verhindern. König Artus ergreift für Flower Partei. Die gefühlvolle Flower fängt an zu singen, so laut, so falsch, daß alles flüchtet. Sie entdeckt, daß sie allein ist und läuft weg.

9. **Zwischenspiel** · Die redenden Mauern und Steine. Frosty Billy will seine Träume erzählen, aber die Musik macht ihn stumm.

10. **Wie ich** · Die Tante mit Emmeline. Emmeline will König Artus finden, den sie hat singen hören. König Artus kommt mit Merlin. Eine Liebesszene bahnt sich an.

Die Tante empört sich über den Schmuddelkerl. Sie protestiert und wird von Filidel für kurze Zeit in einen Kaktus verwandelt. Collani findet die Tante, begleitet sie zur Investorengruppe zurück. Sie vergißt Emmeline über Collanis Schmeicheleien.

11. **Hey, wo bist du** · Der Zauberer Merlin und sein Lehrling Filidel.

12. **Schäferspiel** · König Artus und Emmeline. Die Shepherds singen und spielen die Stadien der Liebe.

13. **Die Zeit** · Merlin-Monolog.

14. **A shadow a name** · Frosty Billy unterbricht die idyllische Szene: Schluß mit dem verlogenen Kitsch! Das Leben ist grausam. Frosty Billy krächzt eine böse Ballade. Jeff mit der Narbe mischt sich ein. Purcell taucht auf, er singt über die Verlorenheit des Menschen.

15. Lichtfleck · Emmeline will Purcell folgen, als er weggeht. Jeff mit der Narbe stellt ihr ein Bein, sie fällt. Frosty Billy hebt sie auf. Da kommt Merlin, vertreibt Frosty Billy. König Artus bittet Merlin, Emmeline das Augenlicht zu geben. Dies geschieht. Die jetzt Sehende erkennt König Artus nicht, findet alle Erscheinungen lächerlich, komisch. Sie lacht und lacht.

16. Zurück! · Merlin-Monolog.

17. Der Spiegel · Emmeline verletzt sich.

18. Achtung! Der Feind kommt · Die Investoren kommen zurück, wollen mit Hilfe von Wachmännern die Freaks und König Artus mit seinen Leuten vertreiben. Es kommt zum Kampf. Durch Merlins Zauber verwirrt, beschimpfen und prügeln sich die Investoren. König Artus' Truppe gewinnt die »Schlacht«. Die Investoren ziehen sich zurück. König Artus erwacht aus seinem Traum, vermißt Emmeline, die mit den Investoren verschwunden ist. Er will sie zurückerobern. Merlin hindert ihn daran.

19. Träume · Frosty Billy erzählt seine Träume.

20. All is but illusion · Die Siegesfeier. Ehe die große Fresserei beginnt, taucht Purcell singend auf, dann kommt Emmeline mit Franky Frank, der sie für sich gewonnen hat. Sie ist wieder blind. Purcell verschwindet hoch oben irgendwo im alten Gemäuer. Das Fest, die Orgie. Flower mit einer Papierkrone neben König Artus. Der unverschämte Frosty Billy wird mißhandelt. Sind die Speisen vergiftet? Artus singt.

21. I've brought ye together · Das große Fest, die Orgie wird jäh unterbrochen durch eine stürzende Mauer; von der Abrißbirne getroffen, fällt die Wand zusammen und scheint alles unter sich zu begraben. Endlich rappelt sich Frosty Billy auf. Purcell bringt ihn dazu, zu singen. Und mit dem Gesang Purcells fangen auch die anderen an, sich wieder zu bewegen, versuchen, ins Leben zurückzukommen.

Purcell entfernt sich: da reißt die Musik ab, die Schauspieler und Sänger stehen ratlos, entzaubert im trüben Arbeitslicht.

1. Stimme

In dem weitläufigen, verwüsteten Gebäude der alten Oper bewegt sich Emmeline mit eigenartig vagen, tastenden Schritten, wie tanzend. Sie horcht auf die schöne, knabenhelle Stimme. »Sweeter than roses or cool evening breeze on a warm flowery shore was the dear kiss« … Die Stimme bricht ab. Sie singt an einer anderen Stelle des Raumes. »No joys are above the pleasure of love.« Sie singt irgendwo im weitläufigen Zuschauerraum. »Serene and calm and void of fear the Queen …« Sie singt ganz oben, wo das Dach eingebrochen ist. »But one soft moment makes amends for all the torments that …« Es ist Purcell, der schöne Sängerknabe, der wie Orpheus die Welt zum Klingen bringt. Er ist jetzt mitten auf der großen Bühne, wo in all der Verwüstung auf einem langen Tisch, noch mit Tüchern verdeckt, offenbar ein festliches Buffet vorbereitet ist und auf Gäste wartet. »Fairest isle all isles excelling.« Emmeline strebt lächelnd dorthin, von wo sie die Stimme hört, sie läuft auf den Orchestergraben zu, sie erkennt die Gefahr nicht, sie ist blind.

Frosty Billy *ein schütterer, zerzauster, vom Alkohol verwüsteter Mensch, taucht hinter einem Mauerstück auf.* Bleib stehen! Du fällst!

Emmeline Wer war die Stimme? Wer hat so schön gesungen?

Frosty Billy Ich bin die Stimme.

Emmeline Es war der Lorbeerbaum. Es war die Sonne im Aufgang. Es war das tote Kind. Es war ein weißes Segel. Es waren die Felsen im Meer. Es war der Lockruf der

Finsternis. Die wild kreisenden Sterne im Weltall waren so. Der Schmerz der unerlösten Tiere.

Frosty Billy Mach Schluß! Hör auf!

Er will sich verdrücken

Purcell *singt wieder.*

Serene and calm
and void of fear the Queen ...

Emmeline Stimme, wie siehst du aus? Zeig mir dein Gesicht.

Purcell *ist verschwunden.*

Frosty Billy Du siehst es doch!

Emmeline Wo bist du? *Sie geht auf Frosty Billy zu, streckt die Arme aus.* Ich kann nur mit den Händen sehen ... *Sie weicht aus.*

Frosty Billy Hier bin ich. Hier bin ich nicht.

Emmeline Du willst dich von mir nicht berühren lassen.

Frosty Billy Traue ich mich nicht, Lady, du bist zu schön.

Emmeline Ach, liebe Stimme, sing doch wieder!

Frosty Billy Es ist nichts mehr drin, alles rausgesungen! Erst ein paar schöne Arien, dann nur noch Keuchen und Gekrächz.

Emmeline Sprich nicht! Sprich nicht! Sing doch wieder! *Sie macht einen Schritt auf den Orchestergraben zu.*

Die Tante *kommt aufgeregt herbeigeeilt.* Bleib stehen! Du fällst! Es geht hier tief nach unten!

Emmeline Ich habe eine so wunderbare Stimme gehört, Tante. Und ich höre sie immer noch!

Die Tante Was du dir nur immer einbildest, wenn man dich eine Minute allein läßt!

Frosty Billy O guten Tag und gute Nacht, meine allerwerteste Dame!

Die Tante *streng*. Meinen Sie mich mit dieser frechen Bemerkung?

Frosty Billy Nur keinen Aufwand! Ich bin nur zufällig hier und praktisch schon wieder weg!

Emmeline Er hat so wunderbar gesungen. Jetzt will er nicht mehr!

Die Tante *schüttelt den Kopf*. Der soll gesungen haben? Wenn du den sehen könntest, du armes blindes Kind! Wer sich alles hier herumtreibt! Empörend! Noch nicht mal ordentliche Schuhe!

Frosty Billy hat sich verdrückt.

2. Irritation

Die Investoren, eine Gruppe von Herren und Damen in Business-Kleidung besichtigt das marode Gebäude. Collani, der Geschäftsführer der Investmentfirma, gibt Erklärungen. Ein Investor hat sich von der Gruppe getrennt.

Der Investor Mich verläßt seit Stunden nicht das unangenehme Gefühl, daß sich hier im Gebäude Personen aufhalten, die sich mir entziehen, aber doch da sind. Ich mache eine Tür auf. Ist da jemand? Ich weiß es nicht. Ich höre Schritte, aber da geht doch keiner. Oder doch? Ich habe sogar schon gedacht, jemand bläst mir seinen Atem in den Nacken. Ich fasse schnell nach hinten und dreh mich um, – da stehe ich, eine lächerliche Figur! Ich höre Leute reden und manchmal lachen. Etwas fährt mir in die Haare, jemand reißt mich an den Haaren. Sehr unangenehm. Es ist ein altes Gemäuer, die darin gewirkt haben, hinterlassen unsichtbare Spuren.

Und tatsächlich ist Filidel, eine seltsame, koboldhafte Gestalt, erschienen, die ihre Späße mit dem Investor treibt, kleine Zaubereien: Da löst sich plötzlich ein Stein, fällt dem Investor vor die Füße, sein Aktenköfferchen, für einen Moment abgestellt, entfernt sich von ihm.

3. Neue Dynamik

Collani gestikuliert, schmeichelt, lächelt, seine Miene wechselt blitzschnell von heiterer Zuversicht zu sorgenvoller Seriosität. Die Lust an der Überredung: Es geht ja um erhebliche Summen, da darf beim Investor nicht der geringste Zweifel aufkommen, der gefährdet das Geschäft. Der Interessent indessen darf gelegentlich inkompetent sein.

Collani Gibt es noch Fragen?

Investor Die Abrißgenehmigung liegt doch definitiv vor?

Collani Das Schreiben ist den Verträgen beigefügt.

Ein anderer Investor Ich hätte noch eine Frage zu eventuellen Altlasten.

Collani Fragen Sie, fragen Sie! Darin sehe ich meine Aufgabe! Dafür bin ich hier, meine Damen und Herren, das Projekt für Sie durchsichtig zu machen. *Winkt Emmeline und die Tante herbei.* Bleiben Sie doch nicht abseits! Join the group, verehrte Damen! Wir haben Sie schon vermißt.

Emmeline Ich verstehe von Finanzgeschäften gar nichts!

Collani Warum auch, es ist ja gar nicht Ihre Welt! Sie haben einen völlig anderen Lebenshorizont, Sie sollen sich mit den schönen Dingen des Lebens beschäftigen, nicht mit dieser zwar komplizierten, aber doch sehr trockenen Materie von Finanzierung und Rendite und Kapitaleinsatz.

Die Tante Meine Nichte lebt in einer Phantasiewelt, für die Realitäten des Lebens hat sie mich. Ich bin gar nicht verträumt!

Collani Wie schön! Phantasie allerdings braucht man für zündende Geschäftsideen auch, gnädige Frau! Einer sieht nur die bröckelige Ruine, der andere sieht das Potential, das da drinsteckt. Hier kann etwas wachsen und entstehen. Mit anderen Worten: man muß eine Vision haben!

Emmeline *lacht.* Mich kann man leicht betrügen, glaube ich.

Die Tante Nein, nein. Ich bin auch noch da.

Collani Darf ich? *Überreicht der Tante ein weißes Papiermodell des geplanten Einkaufszentrums, das alle anderen schon in der Hand halten. Er will Emmeline das zweite geben, zögert plötzlich:* Die junge Dame kann ja nicht sehen! *Schließlich hat die Tante beide Modelle aufeinandergetürmt in den Händen.*

Der eilige Herr Kriege ich meinen Flieger um sieben noch?

Ein anderer Investor Ist doch alles geprüft und abgesegnet. Alle haben doch unterschrieben. Können wir nun nicht zum Schluß kommen?

Collani Wir wollten dem Vertragsabschluß doch einen gewissen niveauvollen Rahmen geben. Wir haben uns etwas einfallen lassen und haben ein wenig gezaubert. Noch sind die kulinarischen Herrlichkeiten zugedeckt, aber warten Sie ab. *Handy klingelt.*

Franky Frank *horcht.* Ja ... nein ... jetzt nicht. *Er schaltet ab.*

Collani Ich dachte, wir sollten uns den Reiz, den morbiden Reiz dieses Ortes nicht entgehen lassen! Nicht das Übliche! Nicht das, was Sie alle schon kennen! Nicht im Holiday Inn, nein, hier im Objekt selbst, auf der ehemaligen Bühne haben wir das Buffet aufgebaut für Sie!

Dame Wie stilvoll!

Der eilige Herr Was soll denn das Brimborium! Das Projekt ist in Ordnung. Ich unterschreibe und bin weg. *Handy klingelt.*

Franky Frank *horcht.* Ja ... nein ... jetzt nicht. *Steckt das Handy ein.*

Collani Wir wollten so den Moment markieren, wo durch Ihre Unterschrift, durch Ihr finanzielles und unternehmerisches Engagement an diesem Ort der Verkommenheit und des Stillstands neue Dynamik, neues Leben entsteht.

Emmeline Haben Sie auch den schönen Gesang gehört?

Ein anderer Investor Sie müssen mal zum Psychiater. *Hebt einen Stein auf.* Geistlose Trümmer, Steine. *Hält sich den Stein ans Ohr.* Da ist keine Musik drin. *Wirft den Stein weg.*

Der eilige Herr Die Schriftstücke sind doch sicher vorbereitet.

Collani Selbstverständlich!

Der eilige Herr Ich gehe schon mal in Ihr Büro. *Er geht.*

Collani Das hervorragend konzipierte neue Einkaufszentrum, das hier entsteht ... *Handy klingelt.*

Franky Frank sagt ungeduldig. Ja ... nein ... jetzt nicht. *Steckt das Handy weg.*

Collani *redet weiter.* ... wird auch dem ganzen Stadtviertel Auftrieb geben. Sie haben ja alle das schöne Modell in den Händen – es soll in Zukunft ja nicht nur gekauft und konsumiert werden, es wird soziale Interaktion stattfinden, wir haben ein Fitneßcenter und ein Studio für Theater, Musik und andere kulturelle Aktivitäten integriert. So, und jetzt gehen wir das Objekt noch einmal ab, wenn Sie Interesse haben, die Reste der alten Pracht noch einmal in Augenschein zu nehmen. Es darf auch fotografiert werden, das ergibt später einen schönen Kontrast: Vorher – Nachher.

Handy klingelt, Franky Frank stellt es ab.

Die Tante Ein Mann ohne Schuhe ... gibt's denn keinen Wachdienst in der Ruine?

Collani Keine Sorge, hier wird komplett geräumt.

4. La donna è mobile

Franky Frank *telefoniert.* Total labyrinthisch, mußt du dir vorstellen. Man verläuft sich ständig! Momentan weiß ich nicht, wo ich bin, die anderen sind irgendwie verschwunden. Moment mal! *Ruft.* Hallo, wo ist denn unsere Truppe? *Horcht.* Herr Collani, geben Sie doch mal einen Ton von sich! Geben Sie doch ein Signal! *Wieder ins Telefon.* Entschuldige, ich wollte mich kurz bemerkbar machen, ich hatte plötzlich das Gefühl, ich bin ganz allein in der kolossalen Ruine. Das hier scheint der Orchestergraben zu sein – ja, Oper, Oper! Ein Opernhaus, Schätzchen! Soll ich dir was vorsingen? »La donna è mobile«, – kennst du doch – kennst du nicht? Kennst du doch! Vorsicht, Schätzchen! Nicht so spöttisch! ... Eine Spur netter zu mir sein, manchmal ... Es gibt auch hier schöne Frauen ... doch doch! Sogar hier! ... Trotzdem ... Mindestens eine ... doch, eine sehr ungewöhnliche Frau ... Sie kann nicht sehen ... Ja, blind ... Nein, nein, sie bewegt sich ganz sicher ... Ja, denkt man so. Ich habe sie angelächelt, und sie hat zurückgelächelt, stell dir vor! ... Dachte ich auch! Aber sie muß mein Lächeln geahnt haben! ... Wunderbar sensibel.

5. Der Weltverbesserer

Da steht plötzlich Jeff mit der Narbe am Hals.

Jeff mit der Narbe Mit wem sprechen Sie?

Franky Frank Da steht jemand. Ich höre mal auf. *Zu Jeff mit der Narbe.* Haben Sie irgendwo in dem Gebäude unsere Gruppe gesehen? Jeder mit diesem hübschen kleinen Modell in der Hand? *Er hält ihm das Modell hin.* Sehen Sie! Wie dieses!

Jeff mit der Narbe *kommt schnell auf ihn zu, sieht ihn starr an, schlägt ihm mit einer heftigen Bewegung plötzlich das Modell aus der Hand und tritt darauf.*

Franky Frank *versucht einen Scherz zu machen.* Das ist aber nicht sehr nett von Ihnen, hören Sie mal.

Jeff mit der Narbe Prägen Sie sich ruhig dieses Gesicht ein. *Deutet dabei mit den beiden Zeigefingern energisch auf sein eigenes Gesicht.*

Franky Frank Das muß ich wohl nicht. Gestalten wie Sie werden ohnehin hier verschwinden.

Jeff mit der Narbe *scharf.* So?

Franky Frank Spätestens, wenn die Abrißbirne kommt.

Jeff mit der Narbe Sie erkennen mich nicht?

Franky Frank Wenn ich Sie allerdings länger betrachte, kommt es mir vor, als ob ich Ihr Gesicht schon mal irgendwo gesehen hätte.

Jeff mit der Narbe In der Zeitung.

Franky Frank Mag sein.

Jeff mit der Narbe Ein Phantombild!

Franky Frank Mag sein.

Jeff mit der Narbe Verfertigt nach den Angaben von Menschen, die diese Person gesehen haben, Vermutungen, Beobachtungen, Augenblickseindrücke. Aus dem Erinnern holt man das geheimnisvolle Gesicht heraus. Und Sie schließen daraus, daß ich der Gesuchte bin.

Franky Frank Aber nein!

Jeff mit der Narbe Und daß ich mich hier in dieser stinkenden Ruine versteckt halte?

Franky Frank Ich rieche nichts.

Jeff mit der Narbe Das haben Sie sich ja fein ausgedacht!

Franky Frank Gar nichts ausgedacht, ich bin ganz prosaisch.

Jeff mit der Narbe Dies ist die Tatwaffe, denken Sie jetzt! *Er holt die Axt aus dem Jackett, zeigt sie.*

Franky Frank Ich warte hier nur einen Moment, ich habe den Anschluß verloren.

Jeff mit der Narbe Die Axt.

Franky Frank Ich dachte mir schon, Sie verbergen da etwas.

Jeff mit der Narbe Wie kommen Sie darauf?

Franky Frank Ihre Jackentasche zog so schwer nach unten.

Jeff mit der Narbe Sehen Sie doch mal genau hin. Ist denn Blut an dem Stück Eisen?

Franky Frank Nein, das Ding ist ganz sauber. Blitzblank!

Jeff mit der Narbe Sie meinen also, ich habe es weggewischt? *Zieht ein Taschentuch aus der Tasche, hält es ihm hin. Es ist blutig.*

Franky Frank *wehrt lustig ab.* Nasenbluten! Nasenbluten!

Jeff mit der Narbe Sie wollen mich überführen, aber ich bin kein Mörder. Ich stehe hier und bin der Wächter.

Franky Frank Ach so, Objektschutz. Sie bewachen die Immobilie?

Jeff mit der Narbe Ja, so könnte man denken. Aber ich habe eine andere Pflicht: Ich bewache die Tür zur Hölle.

Franky Frank Na, na!

Frosty Billy *kommt zum Vorschein.* Glauben Sie dem bloß nichts! Das ist doch die Tür zur alten Heizungsanlage! Die ist ganz durchgerostet, da springe ich rein und raus wie die alten räudigen Katzen.

Jeff mit der Narbe *kreischt.* Die Höllentür! Die Höllentür! Niemand hinein, niemand heraus! Niemand! Gut und Böse muß geschieden werden! Das ist mein Auftrag! Ich habe ihn angenommen.

Franky Frank So ähnlich hat sich kürzlich sogar ein sehr bedeutender Mann geäußert, das war, das war doch ... das war ... wer war das denn ...?

Jeff mit der Narbe Gut! Böse!

Franky Frank Aber sagen Sie doch mal, wo fängt denn das Böse an? Wo wollen Sie denn da den Strich ziehen?

Jeff mit der Narbe Hier fängt es an! *Er hebt die Reste des Architekturmodells auf und zerfetzt sie.*

Franky Frank *zieht sich zurück.*

Jeff mit der Narbe Da schleichen Sie sich nun weg! Wollen mich der Polizei verraten!

Franky Frank Das ist wirklich nicht mein Ding! Ich bin kein Weltverbesserer. *Er läuft weg.*

6. Der König

Die Investoren kommen mit Collani. Sie reden aufgeregt durcheinander.

Collani Nein, im Gegenteil, wenn sie in längeren Zeiträumen rechnen, sagen wir in zehn bis fünfzehn Jahren, wie das bei solchen Geschäften üblich ist, ergibt sich eine Mindest-Durchschnitts-Rendite von 8,52 % nach Steuern.

Investor Wenn das durch unabhängige Treuhänder garantiert ist, ...

Anderer Investor ... was ja bei solchen Objekten immer der Fall sein muß ...

Collani Sie können sich als Treugeber über die Treuhandkommanditistin ...

Anderer Investor Wie aber wirkt sich eine kurzfristige Zinssenkung aus?

Collani Bei uns sind selbst negative Prognoseabweichungen der Barüberschüsse abgefedert, völlig unabhängig von Zinsentwicklungen. Konstante Garantie: 6,65 % per anno.

Anderer Investor Das scheint mir aber eher Wunschdenken zu sein.

Anderer Investor Unter Wertschöpfung stelle ich mir ganz andere Dimensionen vor!

Anderer Investor Und der Wiederverkaufswert?

Anderer Investor Ist denn nicht mit Konjunktureinbrüchen in der gehobenen Immobilienbranche zu rechnen?

Collani Unsere Investitionsprojekte zeichnen sich ja gerade durch eine diversifizierte Nutzungsstruktur aus. Und die ist krisenfest. Außerdem können Sie bereits nach vier Jahren einen anteiligen Eigenkapitalrückfluß in Anspruch nehmen und damit eine Hypothekenreduzierung bei anderen Objekten.

Anderer Investor Das klingt ja wie im Märchen. Und wo ist der Trick?

Anderer Investor Wollen Sie wirklich behaupten, daß selbst in Rezessionszeiten die Rentabilität gesichert ist?

Collani Ja. Selbstverständlich. Unter uns: Die öffentliche Hand hat ihre Finger mit drin. Der Kämmerer macht keinen Kummer, wenn Sie mir diese kleine Alliteration erlauben wollen. Für den ist selbst Stagnation schon Fortschritt.

Anderer Investor Und was ist mit Altlasten?

Collani Sind 100%ig versichert.

Anderer Investor Warum treten Sie eigentlich, wenn Sie der Besitzer sind, auch als Makler auf?

Anderer Investor Mit 5% Courtage plus Mehrwertsteuer?

Collani Das ist absolut Usus in der Branche.

Zweiter Investor Mit 5% Courtage plus Mehrwertsteuer?

Naive Dame Bitte, meine Herren. Ich bitte Sie.

Emmeline Ruhe, sch, sch …

König Artus' Stimme

Fairest isle, all isles excelling,
Seat of pleasure and of love;
Venus here will choose her dwelling,
And forsake her Cyprian grove.

Emmeline Hören Sie doch! Hören Sie doch!

Die Investoren stehen herum und horchen angestrengt.

Investor Ich höre nichts.

Anderer Investor Ich auch nicht.

Anderer Investor Meinen Sie den Motor?

Emmeline Nein, den Gesang!

Aus einem wirren Haufen von bemalter Leinwand, Kostümfetzen, Requisiten und Theaterplunder erhebt sich eine Gestalt. Der Mann legt sich den zerschlissenen Königsmantel um die Schultern, kramt aus dem Gerümpel ein Schwert heraus, eine Krone. Er setzt sich die Krone auf den Kopf, steht nun in schöner Melancholie da: eine Erinnerung an ruhmreiche Zeiten.

König Artus »Eines Tages ritt der König mit fünfzig edlen Rittern und einer schönen Dame über das Feld, die Apfelbäume standen in Blüte. Er wandte sich zu der schönen Dame ...«

In der allgemeinen Verblüffung bricht er ab, sieht die Investoren an.

König Artus *fragt streng.* Was machen Sie hier in dieser seltsamen Verkleidung?

Investor Herr Collani, kommen Sie doch mal schnell her, hier gibt es eine Störung.

König Artus *deutet auf einzelne Investoren.* Jetzt erkenne ich euch! Du bist Sir Bedivere. Und du Sir Agravaine. Und du – Sir Gawain?

Investor Und mit wem haben wir das Vergnügen?

Emmeline *freudig.* König Artus! Er ist König Artus!

König Artus *zu den Investoren.* Sie haben kein Schwert!

Gelächter.

König Artus Wer hat es Ihnen abgenommen?

Investor Die Schwerter haben wir gerade zum Schleifen gebracht.

Gelächter.

Anderer Investor Mit Schwertern kann man sich heutzutage nicht mehr herumschlagen.

König Artus Ganz ohne Waffen!

Investor O nein! Mobiltelefon, Labtop, Terminplaner …

König Artus Wir haben die Sachsen besiegt, die Schlacht war blutig.

Die Tante Sie gefallen mir ganz und gar nicht.

Collani Was gibt es? Wir waren bei der Gewinnspanne stehengeblieben.

Investor Dieser komische Typ ist aus einem Lumpenhaufen gekrochen und glaubt, er ist König Artus.

Anderer Investor *zu Collani.* Was sagen Sie dazu?

Collani *zu König Artus.* Schluß jetzt, ich muß Sie bitten …

König Artus zieht sein Schwert, hält es in pathetischer Geste hoch.

Gelächter der Investoren, Rufe: Bravo! Bravo!

Investor Kann man Sie denn anfassen?

Anderer Investor Ich tippe ihn mal an.

Die Tante *empört.* Ich möchte das nicht. Ich mache mir doch nicht die Hände schmutzig.

König Artus *mit erhobenem Schwert zu den Investoren.* Vorwärts mit Mut und Schläue! Wo haben Sie gekämpft?

Investor *amüsiert.* Hören Sie sich das an! *Zu dem Herrn neben sich.* Wo haben Sie gekämpft?

Gelächter.

Anderer Investor Dienstleistungssektor? *Fragt zum Spaß die Herren ab.* Discounter? Immobilien? Lobbying? E-commerce?

Franky Frank *hebt den Arm, wie wenn er ein Schwert hielte.* Unser Schlachtfeld ist der Markt.

Gelächter.

Anderer Investor *komisch-pathetisch.* »Wo die Ritter sind, da ist auch Gerechtigkeit.«

Emmeline König Artus! Das liebentbrannte Herz … der

Tod springt über den Ritter mit dem gespaltenen Kopf … die weiße Hirschkuh auf dem seidenen Teppich …

König Artus Wir haben uns durch die Wälder geschlagen, in die Irre gelockt von tückischen Schattenwesen. Ich sah den Feind vor mir, beim Ausholen entglitt mir das Schwert und schlug in einen Baum. Ich verletzte eine Dame. *Wendet sich an Emmeline.* Zeigen Sie mir die Wunde, ich bin untröstlich, schöne Dame.

Emmeline Ich bin unverletzt.

Collani Entschuldigen Sie den Zwischenfall, in zwei Stunden ist das Gebäude komplett geräumt. *Er will König Artus wegschieben.*

Investor Moment mal, Herr Collani, wir nennen das Projekt »Camelot«. Ist das nicht eine Idee!

Collani *halbherzig zum Investor.* Camelot? … muß man mit der PR-Firma abklären.

Investor Und den da stellen wir vor dem Haupteingang auf! Mit Krone und Schwert, in voller Kriegsbemalung!

Collani *zu Artus.* Sie müssen hier verschwinden!

Die Tante Schreckt doch nur ab! So schmuddlig.

Investor Styling ist kein Problem, wenn die Idee stimmt.

König Artus Verräterische Bande! Man versucht mich zu täuschen!

Er schlägt mit dem Schwert um sich, da ziehen sich die Investoren zurück.

7. Sage mir, was ich denke

König Artus allein. Er ist in Verwirrung, er betrachtet seine Krone, bläst den Staub weg, reibt sie ein wenig blank. Ist die Krone echt? Er setzt sie sich auf den Kopf. Er richtet sich auf, versucht sich eine königliche Haltung zu geben, fängt an zu singen: »Fairest isle, all isles excelling ...«, bricht ab, irritiert von dem Gedanken: An welchem Ort bin ich? Ist dies eine Burg, zerstört von Feinden, von bösem Zauber? König Artus sieht sich um, sieht in die aufgerissene Kuppel hinauf. Bricht da ein göttliches Licht vom Himmel herunter, in dem er dann mit ausgebreiteten Armen stehen wird, er, der Auserwählte? Da kamen doch eben die Ritter, um ihm die gute Botschaft zu überbringen: Du bist König Artus, du bist unser König? Oder waren das keine Ritter? Wer waren die Leute? So viele Wörter, die ich nicht verstanden habe! Er stochert in dem Plunder, unter dem er herausgekrochen ist. Wo komme ich her? Er zerrt an dem bemalten Leinwandstück. Da erkenne ich den Saal, in dem wir alle versammelt waren! Wer, – wir? Und dieses Waldstück – durch dieses Waldstück bin ich geritten! Er findet einen anderen Leinwandfetzen. Die Wellen des Flusses – habe ich darin mit den Nymphen gebadet? Er findet einen gespaltenen Helm. Die blitzenden Rüstungen vieler, ein ganzes Heer, gleißend in der Sonne! Sind die Ritter tot? Tod, Tod, Tod. Hast du mich vergessen, Tod? Er verfällt in tiefe Melancholie, er nimmt die Krone ab, betrachtet seinen hinfällig gewordenen Körper, seinen zerfetzten Mantel.

Arthur Merlin! Merlin! Sage mir, was ich denke!

Merlin *steht plötzlich da.* Du denkst an ein blindes Mädchen.

König Artus Ja! Sie hieß Emmeline.

Merlin Du hast sie gefunden, als sie blind war, und du hast sie verloren, als sie sehend wurde.

König Artus Mein Kopf ist wirr.

Merlin Du denkst, wir haben gesungen und getanzt.

König Artus *singt.*

When age furrows faces
'tis too late to be wise.

Merlin Du denkst: die Tafelrunde.

Plötzlich sind die Shepherds da, wilde Kerle, König Artus' Gefolge.

Merlin Du denkst: das Schwert.

König Artus Excalibur!

Das große Schwert saust von oben herunter und bleibt im Boden stecken.

König Artus Ja, das habe ich gedacht!

Merlin An zwei Nymphen denkst du.

König Artus Sie lockten mich, sie lockten mich!

Plötzlich sind die beiden Nymphen da. Sie locken König Artus, sich auszuziehen und mit ihnen im Wasser zu spielen. Musik.

Die beiden Nymphen *singen.*

Two daughters of this aged stream are we,
And both our sea-green locks have comb'd for ye.
Come bathe with us an hour or two;
Come naked in, for we are so.
What danger from a naked foe?
Come bathe with us, come bathe, and share
What pleasures in the floods apear.

We'll beat the waters till they bound
And circle round, and circle round.

König Artus Wo kommt ihr denn plötzlich her?

Nymphe Aus deinem Kopf.

König Artus Ihr wart sehr lange nicht in Camelot.

Nymphe Du hast uns so lange nicht gedacht.

König Artus Wie lange nicht?

Nymphe *kichert.* Ein paar hundert Jahre nicht.

König Artus *zu Merlin.* Was habe ich denn die ganze Zeit gedacht, ein paar hundert Jahre lang, Merlin?

Als Antwort gibt Merlin ein Zeichen. Es erklingt eine festlich triumphale Ouvertüre.

Sound the trumpet, till around
You make the list'ning shores rebound
On the sprightly hautboy play
All the instruments of joy
That skillful numbers can employ
To celebrate the glories of this day.

8. Ich werde singen

Flower, *eine junge dicke Frau, kommt hereingelaufen und ruft begeistert.* Ich singe! Ich singe!

König Artus Wer sind Sie, edle Frau? Sie sind in unseren Wäldern bisher nicht vorgekommen. Ich kenne Sie nicht.

Flower Macht nichts! Hier in der Gegend kennt mich jeder. Ich sitze den ganzen Tag in meinem Kiosk da drüben und verkaufe die Zeitungen und Lotteriescheine, da kommen viele, um ihr Glückslos zu kaufen.

König Artus Eine Glücksfee!

Frosty Billy Nieten, Nieten! Lauter Nieten verkauft sie!

Flower Das ist nicht wahr! Ich bin ja selber der Hauptgewinn! Pech im Spiel bringt Glück in der Liebe!

Die Shepherds *singen.*

How happy the lover
How easy his chain!
Hor sweet to discover
He sighs not in vain.

For love ev'ry creature
Is form'd by his nature.
No joys are above
The pleasures of love.

In vain our graces
In vain are your eyes
In vain are our graces
If love you despise.

No joys are above
The pleasures of love.

Flower Stimmen und Musik in diesem stummen, dunklen Haus! – Wie ich mich freue! Die Oper ist wieder da! Sofort habe ich meinen Kiosk zugesperrt und bin hergerannt! Von der Liebe höre ich singen!

Frosty Billy *krächzt.* »Ach, wie so trügerisch sind Frauenherzen! Sind keine Männer da, nehmen sie Kerzen.«

Flower Ich will auch singen. *Zu König Artus.* Ihr Kostüm ist ziemlich staubig, kümmert sich niemand um Sie?

König Artus Ich komme vom Schlachtfeld.

Flower. Darf ich Sie mal anfassen? *Sie klopft ihm den Staub aus dem Mantel.*

Frosty Billy *hustet übertrieben.* Ich ersticke!

König Artus *wehrt ab.* Genug!

Die Shepherds *singen.*

For love ev'ry creature
Is form'd by his nature.
No joys are above
The pleasures of love.

Flower *singt.* How happy the lover ...

König Artus *unterbricht.* Wie sind Sie in die Burg gekommen?

Flower Jeff mit der Narbe wollte mich nicht reinlassen. Ich freue mich so! Ich glaube, ich werde singen!

Sorbello *stürmt herein.* Noch keine Auftritte! Zu früh! Zu früh! Auf keinen Fall singen! Sie ruiniert damit ihre Stimme!

Flower Retten Sie mich vor Sorbello! Er quält mich.

König Artus Wer sind Sie?

Sorbello Ich habe an der Scala gesungen!

Flower Er schikaniert mich!

Sorbello Ich bilde ihre Stimme aus! Zufällig habe ich sie entdeckt. Sie saß in ihrem Kiosk und hat gesungen. Ich habe mich herangeschlichen, gebückt, man könnte sagen, ich habe gekniet, mein Ohr an die Bretterwand gelegt, versteckt hinter dem Zeitungsständer.

Flower Ich habe ihn aber doch bemerkt. Wer keucht denn da? Wer schnaubt denn da?

Sorbello Hervorragendes Material! Bei den ersten stümperhaften Tönen habe ich das hervorragende Material sofort erkannt. Aber noch gänzlich roh! Gänzlich roh! Unausgebildet!

Flower Ich singe so gern.

Sorbello Auf keinen Fall singen! Das ruiniert die Stimme. Stimmbildung! Stimmbildung!

König Artus Ich verstehe nicht. Der Vogel singt. Die Sterne singen. Das Weltall singt. Der Mensch singt.

Sorbello Material ist eine Sache, aber Gesang, mein Herr, ist Technik! Der ganze Körper ist das Instrument! Er muß stehen wie ein Turm. Aufgerichtet, Fersen nach unten! Schultern nach unten! Auf der starken Atemsäule muß der Ton tanzen wie ein Pingpongball auf dem Strahl einer Fontäne.

Flower Ein Pferdegebiß soll ich machen!

Sorbello Ja! Ridere! Ridere! Wie ein Pferd. Der Kuß eines Pferdes! *Er macht es vor.*

Flower Aber ich will kein Pferdegebiß machen!

Sorbello Ridere! Ridere!

König Artus Hören Sie auf!

Sorbello Ohne einen guten Pädagogen ist das kostbare Material verloren.

Frosty Billy Der Wichser zieht dir bloß das Geld aus der Tasche. *Reißt ihm mit einem Griff die Perücke vom Kopf.* Mit dem Staubwedel auf dem Kopf kann ich auch singen!

Sorbello *schreit.* Mein Haar!

Gerangel.

Frosty Billy Ridere!

Flower schreit.

König Artus Die Dame steht unter meinem Schutz. Niemand soll sie betrüben.

Flower Pferdegebiß!

Sorbello Ich ziehe mich protestierend zurück! *Er läuft weg.*

Flower *zu König Artus.* »Die Dame steht unter meinem Schutz.« So schön sollte man immer sprechen. Ich genieße das.

König Artus Wie spricht man denn?

Flower Sie sind so wunderbar weltfremd, da bin ich sofort total hin und weg. Das passiert mir allerdings leicht. Ich habe schon im ersten Moment gemerkt, daß Sie sich für mich interessieren.

König Artus Habe ich wirklich mein Auge auf Sie gerichtet?

Flower Zuerst eben nicht! Sie haben betont weggesehen. Daran habe ichs ja gemerkt.

König Artus Sie wollten singen.

Flower Ich glaube, ich habe einfach zuviel Gefühl. Das ist nämlich mein Problem im normalen Leben, deshalb sehne ich mich so nach der Oper. Im normalen Leben kann man ja die Gefühle nicht richtig zeigen. Ich möchte aber die Arme ausbreiten und lossingen, wenn ich einen schönen Gedanken habe. Oder hinknien an der Bushaltestelle vor jemand, den ich verehre. *Sie kniet vor König Artus.*

König Artus Stehen Sie doch bitte auf! *Er hilft ihr auf.*

Flower Deshalb erlebe ich ja immer so komische Sachen, weil ich so überschwenglich bin, wenn ich Ihnen das mal erzähle, werden Sie das gar nicht glauben. Meistens geht ja auch immer alles schief. Hauptsächlich mit den Männern. Bloß mit Willy nicht.

König Artus Willy?

Flower Ja, das ist mein Hund, den habe ich aus dem Tierheim geholt. Zuerst hat er sich an die Autotür gedrückt und hat gewimmert. Aber wie ich dann weitergefahren bin, ist er näher und näher gerückt, und als wir zu Hause ankamen, saß er schon auf meinem Schoß. Das wünscht man sich doch! Ach, jetzt muß ich unbedingt singen.

Sie fängt an, laut und sehr falsch zu schmettern, was die Shepherds gesungen haben: »... in vain our graces ...« Die Shepherds fahren erschreckt auf, flüchten. König Artus verdrückt sich. Nun bemerkt Flower, daß sie ganz allein geblieben ist und bricht ihren Gesang ab.

Flower Schade! Es hat mir ja niemand mehr zugehört. *Sie läuft weg.*

Nun bleibt es lange still.

9. Zwischenspiel

Musik.

Nichts geschieht. Nun ist es Zeit, auf die Musik zu lauschen, die diesen wüsten, leeren Raum so geheimnisvoll lebendig macht, als redeten die zerbröckelnden Mauern, die geborstenen Kulissen von den Beteuerungen leidenschaftlicher Gefühle, von Triumph und Klage, die sie aufgenommen und bewahrt haben.

Hark! how all things in one sound rejoice,
And the world seems to have one voice.

Filidel schleicht sich herein, will ein Zauberkunststück beginnen, weicht aber, eingeschüchtert von der Musik, zurück. Auch Frosty Billy zeigt sich, will seine bösen Träume erzählen, aber die Musik macht ihn stumm. Er duckt sich, verschwindet und kommt erst wieder zurück, als die Musik zu Ende ist.

Frosty Billy Mich hat der Doktor untersucht, hat ein ernstes Dackelgesicht gemacht und hat gesagt: Sie sind sehr krank! Sie haben höchstens noch vier Wochen zu leben. Da bin ich erschrocken und habe ihn gefragt: Wovon? *Er lacht schallend.*

10. Wie ich

Emmeline König Artus!

König Artus *sieht Emmeline bewundernd an.* Wenn Licht so lebenswichtig ist und fast das Leben selbst, und wenn es wahr ist, daß Licht ist in der Seele und sie in jedem Glied, warum ist es einer so weichen Kugel wie dem Auge anvertraut, so offensichtlich und so leichthin auszulöschen, und nicht, wie das Gefühl, auf jedes Glied verteilt, so daß wir nach Belieben aus jeder Pore sehen!

Emmeline Ich fühle den Umriß deines Körpers, ohne dich zu berühren, denn um dich herum ist Schweigen und du bist Klang.

Die Tante *kommt.* Komm jetzt, du dummes Kind.

Emmeline Ich bleibe!

König Artus Ich kannte jemand, Emmeline mit Namen.

Emmeline Wie ich!

Die Tante Wir gehen weg hier! Wir gehen jetzt sofort ins Hotel zurück, die Unterschrift soll sich Herr Collani im Hotel abholen.

König Artus Und sie war blind.

Emmeline Wie ich!

Die Tante Wenn du armes Ding sehen könntest, was das hier für eine Bruchbude ist, in der wir die ganze Zeit herumstolpern!

König Artus Ich liebte sie.

Emmeline Wie mich!

Die Tante *stolpert, schimpft Emmeline aus.* Paß auf! Es ist so gefährlich hier! Überall liegt etwas herum! Immerzu muß man auf dich aufpassen!

König Artus Sie wurde gefangengehalten.

Emmeline *lacht.* Wie ich!

König Artus Von einem bösen Zauberer.

Die Tante Damit bin wohl ich gemeint! Ich verbitte mir das! Wer sind Sie überhaupt? Können Sie sich ausweisen?

Emmeline König Artus, liebe Tante.

Die Tante Wollen wir doch einen Moment sachlich bleiben, Kind! Wir haben keine Ahnung, wo diese pittoreske Erscheinung überhaupt herkommt.

Emmeline *zu König Artus.* Manchmal begreift meine Tante schwer, man muß ihr alles erklären.

Die Tante *wütend.* Na, danke! Deine bizarren Einfälle kannst du dir nur leisten, weil du reich bist. Phantasie ist ja schön, ich habe ja leider keine, die konnte ich mir in meinem Leben gar nicht leisten. Wenn ich nicht auf dich aufpasse, fällst du in deiner Schwärmerei auf jeden rein, der mal ein bißchen Trallala macht. Schon hat er dich! Und nimmt die reiche Erbin aus.

Emmeline Ach, Tantchen! Ich brauche gar kein Geld!

Die Tante Wenn ich das schon höre!

König Artus Wo stehen denn Ihre Rösser im Stall, fremde Dame?

Die Tante Schluß damit! Meine von Ihnen so aufdringlich attackierte Nichte wird jetzt mit mir diesen schmutzigen Ort verlassen. Sofort!

Sie will Emmeline wegzerren. Nun wendet Merlin seine Zauberkraft an: die Tante steht wie angewurzelt.

Merlin *ruft Filidel.* Zeig was du kannst, Zauberlehrling!

Der lustige Filidel zaubert, und die Tante bekommt Stacheln, wird grün im Gesicht, verwandelt sich in einen Kaktus, während König Artus und Emmeline sich entfernen.

Filidel Madame, Sie sind plötzlich ein wenig stachelig.
Die Tante Was soll das heißen: stachelig?
Filidel Und Ihr Gesicht ist grün!
Die Tante Wer sind Sie überhaupt?
Filidel Und Ihre Füße –
Die Tante Was gehen Sie meine Füße an!
Filidel Festgewachsen, eingewurzelt – Sie sind ein Kaktus, Madame!
Die Tante Oh!
Filidel Ein Kaktus!
Collani Um Himmels willen, was ist denn mit Ihnen passiert?
Plötzlich schüttelt sich die Tante, sie ist wieder, wie sie vorher war.
Die Tante Was ist denn vorgefallen? Bin ich ein Kaktus?
Collani Aber Verehrteste! Sie sind noch immer eine attraktive Erscheinung, wenn ich das sagen darf!
Die Tante Das will ich meinen! – Wo ist denn Emmeline?
Collani Ich bewundere die rührende Sorgfalt, mit der Sie sich des schonen blinden Waisenkindes angenommen haben!
Die Tante Ich sehe das als meine Pflicht an!
Collani Richtig, was tut man nicht für eine so reiche Erbin.
Die Tante *dreht sich um, ruft.* Emmeline!

11. Hey, wo bist du

Filidel Siehst du? Nun kann ich alles!
Merlin Hab's gesehn.
Filidel Und du lobst mich nicht dafür?
Merlin Doch, doch, du hast Talent.
Filidel Danke.
Merlin Viel mußt du noch lernen, Filidel.
Filidel Das dauert mir zu lang! Soll ich denn erst so alt und krumm werden wie du, bis ich alles weiß und die Welt beherrsche?
Merlin Was bin ich dir?
Filidel Mein Lehrer warst du, ich habe von dir ein paar gute Tricks gelernt. Aber jetzt bist du schon ziemlich altersschwach. Da ist nichts mehr von dir zu lernen.
Merlin
Vorauseilend hink ich dir nach. Jung
bin ich alt. Fremd bin ich allen
vertraut. Ich kreise in der Zeit.
Der Himmel tönt unter mir, zur Erde
flieg ich hinauf. Stumm rede ich
mit vielen Zungen.
Er ist verschwunden.
Filidel Hey, wo bist du?

12. Schäferspiel

König Artus und Emmeline, umarmt.

Die Shepherds bilden einen Kreis um das Paar, tanzend stellen sie die verschiedenen Stadien der Liebe dar: eine heitere Allegorie.

Die Shepherds *singen.*

How blest are shepherds, how happy their lasses …

Einer der Shepherds *singt.*

Bright nymphs of Britain with graces attended,
Let not your days without pleasure expire.
Honour's but empty, and when youth is ended,
All men will praise you but none will desire.
Let not youth fly away without contenting;
Age will come time enough for your repenting.

Die Shepherds *singen.*

Bright nymphs of Britain with graces attended …

Während die Shepherds die verschiedenen Stadien der Liebe zeigen, macht Filidel obszöne erotische Scherze, amüsiert sich mit dem Satz Frosty Billys »nehmen sie Kerzen«. Er hat plötzlich durch Zauberei viele Kerzen zur Hand.

Zwei der Mädchen *singen.*

Shepherd, shepherd, leave decoying:
Pipes are sweet on summer's day,
But a little after toying,
Women have the shot to pay.

Here are marriage-vows for signing:
Set their marks that cannot write.

After that, without repining,
Play, and welcome, day and night.

Die Männer übergeben den Mädchen Eheringe, und diese nehmen sie entgegen.

Chor singt.

Come, shepherds, lead up a lively measure;
The cares of wedlock are cares of pleasure:
But whether marriage bring joy or sorrow,
Make shure of this day and hang tomorrow.

Frosty Billy Hört mal auf mit dem Gejuchze, ihr Hohlköpfe! Die Puppe kriegt ja einen ganz falschen Eindruck vom Menschenleben!

Plötzlich, wie ein Spuk, sind König Artus und die Shepherds verschwunden.

13. Die Zeit

Merlin

Jahrhunderte, verbraucht
und dennoch gegenwärtig!
Da blitzt ein Schwerthieb
wie ein Gedanke auf
und Liebeslieder, längst
gesungen, klingen im lauschenden
Ohr. O Zeit,
rasender Stillstand.

14. A shadow a name

Flower *kommt, entdeckt Emmeline.* Ach, Sie sind ja ganz allein!

Frosty Billy Ich werde mal mit ihr den Erdkreis abschreiten von den kalten Zonen bis in die heißen Zonen und das Gemäßigte dazwischen. Ich kenne mich aus. Ich habe ein halbes Jahr neben der Leiche meiner Mutter gelegen. Gelegen und gesessen. Und habe geredet.

Flower Worüber denn?

Frosty Billy Frag nicht so unverschämt, du Miststück.

Flower Was hat sie denn gesagt?

Frosty Billy Was sie gesagt hat! Söhnchen, hat sie gesagt.

Flower Mehr nicht?

Frosty Billy Ficken und fressen, hat sie gesagt, ist das ganze Leben.

Flower Wenn sie ne Leiche war – Leichen reden nicht.

Frosty Billy Ficken und fressen, verstehst du?

Emmeline *horcht.* Da bellt jemand die ganze Zeit.

Frosty Billy Ich habe sogar ein Foto von ihr gemacht. *Zeigt Emmeline ein Polaroid.*

Emmeline Da ist ja nichts drauf.

Frosty Billy Glotzt auf das Foto von einer Toten und sagt, da ist nichts drauf.

Flower Tatsächlich! Nichts drauf.

Frosty Billy Natürlich war sie zu diesem Zeitpunkt schon Matsch geworden. Das muß man bei der Betrachtung mitdenken.

Flower Und dein Vater hat dir nicht die großen Ideale der Menschen ins Herz gepflanzt?

Frosty Billy Doch, hat er! Er hat mir gesagt: Junge, lerne nichts, alles was du lernst, macht dich unglücklich.

Sorbello *stürzt herein.* Falsch! Falsch!

Frosty Billy Goldene Worte.

Flower *zu Emmeline, leicht spöttisch.* Hat König Artus Sie verlassen, liebe Fee?

Emmeline Ja. Ich höre seine Stimme nicht mehr.

Flower *heuchlerisch.* Doch nicht für immer? Schade, ihr wart doch schon fast ein Liebespaar.

Da hört Emmeline die Klage der wahnsinnigen Bess, die verzweifelt herumirrt.

Die verrückte Bess *singt.*

My music shall be a groan
I'll lay me down and die
within some hollow tree
The rav'n and cat the owl and bat
Shall warble forth my elegy!

Emmeline Warum ist die Arme so verzweifelt? Sie macht mich traurig.

Flower Ihr Geliebter ist gestorben, da hat sie den Verstand verloren.

Die verrückte Bess *ist weitergegangen, singt.*

Poor Bess will return to the place
Whence she came.
Since the world is so mad
She can hope for no cure.
For love's grown a bubble, a shadow, a name
Which fools do admire and wise men endure.

Emmeline Ich würde König Artus gern einmal mit meinen Augen sehen.

Frosty Billy Ich sage dir mal, wie er aussieht: eine verhauene Visage wie ich. *Baut sich ganz nah vor ihr auf.*

Mit eitrigen Pickeln und Triefaugen. Guck mal, hier! Sei froh, daß du blind bist!

Flower Glauben Sie dem nicht! König Artus sieht aus wie der allergrößte Filmstar.

Sorbello Du mußt lernen! Handwerk! Handwerk!

Frosty Billy Singen ist kein Beruf. Und daß du der Dicken das Singen beibringst, ist erst recht kein Beruf. Dafür lege ich nicht einen Euro auf den Tisch.

Sorbello Ich habe an der Scala gesungen!

Frosty Billy Jetzt singe ich mal, wie ich singe. Ist ein schönes Lied für die Prinzessin zur Aufmunterung. *Er singt mit seiner Säuferstimme.*

There was an old woman in Yorkshire
in Yorkshire did she dwell
she loves her husband dearly
and the lodger twice as well.
tiddly-whack, come diddle-um-day
tooral-looral-day.

Sorbello *hält sich die Ohren zu.* Schluß jetzt! Schluß! Ich halte es nicht aus.

Frosty Billy Eine sehr schöne Ballade, speziell für Liebespaare, deshalb erzähle ich, was drin vorkommt. Da ist ein altes Ehepaar, sie liebt ihn, aber den Untermieter noch mehr. Da geht sie zum Apotheker und kauft ein Pülverchen, daß der Ehemann blind wird. Da sagt der Ehemann: Ich geh ins Wasser, ich ersäufe mich, weil ich seh ja nichts mehr. Da gehen sie Arm in Arm, und als sie an den Teich kommen, gibt er ihr einen Schubs und stößt sie rein.

Singt

Tiddly-whack, come diddle-um-day,
tooral-looral-day.

Da hat die Frau geschrien: Help! Help! Und da hat der Mann geschrien: Ich kann dir nicht helfen, ich bin ja blind. Da will die Frau sich festhalten an einem Uferstein, da hat er sie noch tiefer reingestoßen. Da hat sie noch ein bißchen gepaddelt, dann war sie weg.

Singt

Tiddly-whack, come diddle-um-day
tooral-looral-day

Zu Jeff mit der Narbe: Das ist auch was für dich, alter Frauenmörder!

Jeff mit der Narbe Das Tor bleibt zu!

Sorbello Ich möchte mal gern wissen, wen du da alles drinhast in deinem Höllenkasten?

Jeff mit der Narbe Den, von dem die Musik kommt.

Frosty Billy Gebongt.

Jeff mit der Narbe Den, der singt.

Frosty Billy Gebongt.

Jeff mit der Narbe Den, der zuhört.

Frosty Billy Gebongt! Alles Schwindel!

Sorbello Stumpfsinnig! Tiere seid ihr!

Frosty Billy Ich hab ja das ewige Leben. Aber den Sorbello da, den kannst du schon rösten. *Zu Sorbello.* Du siehst ja schon aus wie ne geschminkte Leiche.

Sorbello *antwortet nicht, ruft zu Flower hin.* Ach, holde Aida, ich habe dich für die Kunst entdeckt.

Purcell *ist gekommen, singt.*

Lord, what is man, lost man,
That thou shouldst be so mindful of him?
That the Son of God forsook his glory,

His abode, to become a poor tormented man,
The Deity was shrunk into a span,
And that for me, O wondrous Love, for me.

Merlin *übersetzt, während Purcell weitersingt.*

Was ist der Mensch, der verlorene,
daß Gott für ihn der Heiligkeit entsagt
und seine Wohnung läßt,
um ein gequälter Mensch zu werden?
Sagt mir, ihr Geister,
wars Freude oder wars Erstaunen,
als ihr saht, daß Gott sterben sollte
für einen Wurm?

15. Lichtfleck

Emmeline will dem Gesang Purcells, der sich entfernt hat, folgen, da stellt ihr Jeff mit der Narbe ein Bein. Sie fällt hin.

Frosty Billy Hey, Kumpel, das ist aber nicht die feine Art! Steh auf, Lady! *Zu Jeff mit der Narbe.* Du kannst doch eine gepflegte hübsche Dame im weißen Kleid nicht einfach auf die Straße legen! Und dann nicht mal fragen: Wie geht es Ihnen? Die ist ne reiche Erbin!

Emmeline Ich bin nur gestolpert.

Frosty Billy Du bist nicht gestolpert! Er hat dir ein Bein gestellt, dummes Huhn, damit du hinschlägst!

Emmeline Das glaube ich nicht.

Frosty Billy Das macht er immer, wenn er eine Frau sieht, die aussieht wie seine eigene. Die hat er umgebracht.

Emmeline Das weiß ich nicht.

Frosty Billy Kann jeder sehen, die Mordlust springt ihm aus den Augen.

Emmeline Sie wollen mir nur angst machen.

Frosty Billy Er hat die Gattin stolpern lassen.

Jeff mit der Narbe In die Hölle geschickt und das Tor zugedrückt. *Er geht zu seinem »Höllentor« hinüber.*

Frosty Billy *zu Emmeline.* Darf ich Ihnen, Allerlieblichste, meinen Arm anbieten und ein wenig mit Ihnen auf und unter gehen?

Sie gehen.

Frosty Billy Ich habe ja auch schon mal bessere Zeiten genossen.

Emmeline Ach, wenn ich sehen könnte!

Frosty Billy Da kann ich Ihnen zur Beruhigung sagen, das lohnt sich heute gar nicht mehr. Fragen Sie mal diesen und jenen. Früher vielleicht wars interessanter – als ich noch ein Dutzend weiße Hemden hatte.

Emmeline Da steht König Artus! *Sie deutet in die Richtung, wo Merlin und König Artus aufgetaucht sind.*

Frosty Billy *faßt ihren Arm und zeigt damit in eine andere Richtung.* Nein, dort!

Emmeline Nein, hier! *Sie zeigt wieder in die richtige Richtung.*

Frosty Billy Das blinde Huhn, und will schlauer sein als alle.

Merlin *zu Frosty Billy.* Verschwinde!

Frosty Billy verdrückt sich.

König Artus *ruft.* Emmeline, hier finde ich dich!

Emmeline Ach, wenn ich dich in deiner Herrlichkeit sehen könnte!

König Artus Gib ihr das Augenlicht, Merlin!

Merlin O, diese Sonne, in die man nicht blicken kann, weil sie die Augen verbrennt! Und doch müssen wir sie lieben, weil wir sonst im Kalten erstarren.

Blitz, dann lange Dunkelheit.

König Artus *ruft.* Merlin! Merlin!

Plötzlich ist es überhell, dann wieder tiefe Finsternis.

König Artus Was siehst du, Emmeline?

Emmeline O undurchdringliche Finsternis. Nun wird es dämmrig, nun fahlgrau und nun strahlend hell. Ist das so, wenn der schöne Tag langsam aus der Nacht heraufsteigt? Emmeline kann sehen!

Über die große Wand, die noch im Schatten liegt, wandert ein kleiner Lichtfleck. Nichts sonst bewegt sich im Raum.

Emmeline Ist es der Weg der Sonne vom Aufgang zum Untergang? Dieser Augenblick dauert einen ganzen Tag? *Entdeckt den Lichtfleck.* Ein Engel!

Sie läuft zur Wand, will den Lichtfleck festhalten, aber er wandert weiter und verschwindet.

Frosty Billy *taucht wieder auf.* Engel haben wir noch keinen hier erblickt.

König Artus »Some blessed angel, sure … A new world comes rushing on …«

Emmeline geht an König Artus vorbei, ohne ihn zu erkennen, zu Frosty Billy hin, stellt sich nah vor ihm auf und bricht in ein großes Gelächter aus.

Die Shepherds präsentieren sich in verschiedenen Posen: schmachtend, lüstern, draufgängerisch, sportlich usw.

Emmeline *entdeckt sie und lacht noch mehr. Sie entdeckt einen Investor ganz hoch oben in der Empore.* Da oben steht ein Zwerg!

König Artus Emmeline, jetzt kommt dein Text! »Well are you made, our lords, so bold, so great, so godlike are your forms. How can you love such silly things as women.«

Emmeline Welche Emmeline? Ich? Sie versucht nachzusprechen. »Well are you made …«

Und sie bricht wieder in großes Gelächter aus. Sie lacht über Artus. Sie lacht über alles. Sie lacht über die Gangart der Leute, über ihre Gestalt, über ihre Gesten, über ihr Augenrollen, über das zähnefletschende Lächeln und versucht, dies und das nachzuahmen.

Emmeline Wo ist König Artus? Ich sehe ihn nicht. Singe, damit ich dich sehen kann!

Aber König Artus singt nicht, er fürchtet, daß sie über ihn lacht. – Es ist ganz still. Schließlich wollen die Shepherds ihn zu Emmeline hinschieben, er sträubt sich, es entsteht eine kleine turbulente Bewegung, die sie nicht begreift und die sie neuerdings zum Lachen bringt.

16. Zurück!

Merlin

Unwissende, vom Licht geblendet!
O schlösse sie die Augen wieder,
daß ihre Blindheit sie
sehen ließe, was das Auge
nicht sehen kann! Lauschte dem Klang
und fühlte mit ihrer Hand,
dem Tastwerkzeug der Seele, wer
dieser König ist und was er
ihr bedeutet! Kein Trugbild
moderner Technik! Verbirg dich,
Artus, du schöner Gedanke
der Menschheit. Einst
allbekannt, jetzt fremd
im fremden Land! Laß uns zurückkehren,
König, fort aus der vergeßlichen Zeit
dorthin zurück, wo alles
dein Reich ist – grenzenlos!

17. Der Spiegel

Emmeline *von weit oben.* Tante, siehst du mich? Ich kann dich sehen!

Die Tante *empört.* Komm sofort herunter!

Emmeline Ihr seid so klein geworden, ich glaube, ich kann euch in eine Schachtel stecken! Was ich alles schon gesehen habe! Alles ist anders, als ich es in meinem Kopf hatte.

Emmeline läuft durch die Ruine des Opernhauses und macht Entdeckungen. Jeden Gegenstand betrachtet sie mit Neugier, alles ist ihr fremd und neu. Manches erkennt sie nicht. Verständnislos läßt sie die große grünbemalte, verschlissene Leinwand wieder fallen. Daß dieser Prospekt einen Wald darstellt, kann sie nicht erkennen ohne die Stimmen der Vögel und des Windes. Wie oft hat die kleine Emmeline früher im Park die Bäume umarmt, um die Rauheit der Stämme zu ertasten und die Zartheit der Blätter zu fühlen. Eine Ratte huscht an ihr vorbei, sie springt ihr nach.

Filidel Sieh mal, ein Reh!

Emmeline Alles kann ich sehen, aber mich sehe ich nicht. *Sie steht verwirrt, betastet sich.* Hier, meine Finger kann ich sehen, meine Füße, mein Kleid, aber mein Gesicht? *Sie betastet ihr Gesicht.* Mein Gesicht kann ich nicht sehen.

Filidel, der ihr nachgesprungen ist und sie beobachtet hat, hält ihr flink eine Spiegelscherbe hin.

Filidel Was ist das? Es ist kein gemaltes Bild, das Gesicht verzieht sich, wenn du lachst, es kommt dir näher, wenn du näher kommst und flüchtet wieder. Jetzt ist es ganz verschwunden!

Emmeline Komm wieder zurück, Kind, ich will dich küssen! *Und sie küßt die Spiegelscheibe, erschrickt.* Kalt, kalt! Der kalte Mund einer Toten!

Filidel *reißt ihr die Scherbe so abrupt weg, daß sie sich in den Finger schneidet. Ein kleiner Aufschrei.*

Emmeline Mein Finger blutet. O, die schöne Farbe Rot!

Filidel freut sich über seinen Streich.

Gänge, Türen, Wände – sie irrt mit blutendem Finger herum wie eingeschlossen in einem Labyrinth.

Emmeline Wo ist Artus, mein geliebter König?

Sie öffnet eine Tür. Da steht eine Gestalt im roten Königsmantel, die Krone schief auf dem wütenden Hundekopf. Andere Tür: wieder die Gestalt im roten Königsmantel, eine Axt hat Krone und Schädel gespalten. Andere Tür: eine grellbemalte Visage, eine scheppernde Stimme. Emmeline schlägt die Tür zu. Stille. Andere Tür, vorsichtig geöffnet: die Königsgestalt lächelnd. Von der Luft berührt, zerfällt sie augenblicklich zu Staub. Resigniert gibt Emmeline die Suche auf.

Purcell *singt.*

O let me ever, ever weep,
My eyes no more shall welcome sleep:
I'll hide me from the sight of day
And sigh and sigh my soul away.
He's gone, he's gone, his loss deplore
For I shall never see him more.

Emmeline Einen Schatten hielt ich umarmt, einen Wahn habe ich gefreit, einen Traum besessen.

Filidel Achtung! Der Feind kommt!

18. Achtung! Der Feind kommt!

Energisch kommt die Investorengruppe, begleitet von bulligen Wachmännern zurück.

Collani Hier muß jetzt mal Schluß sein, Leute! Verlassen Sie jetzt mal unverzüglich und blitzartig diese Lokalität. Wenns nicht schnell genug geht – hier haben wir drei nette Onkels mitgebracht, die helfen beim Abtransport. *Zeigt auf die Wachmänner.*

Frosty Billy Haben Sie ne gute Adresse für mich? Zimmer mit Fernblick, so was in der Art? Würde mir zusagen.

Collani Nach Hause, meine Herrschaften!

Jeff mit der Narbe Wo ist das denn? Sagen Sie mir mal: Wo ist das denn?

König Artus Meine stolze Burg.

Investor *zu König Artus.* Sie brauchen wir noch. Sie können noch einen Moment hierbleiben, wir würden gern noch ein paar Fotos von Ihnen machen.

Collani Aber die anderen – ab durch die Mitte! Und zwar blitzartig!

Flower Betrüger! Opernfeinde! Jetzt endlich durchschaue ich Sie!

Die Tante Es ist ja schließlich zum eigenen Schutz der Leute, daß man sie vertreibt. Das Gebäude ist doch baufällig.

Frosty Billy Stimmt! Es muß viel repariert werden hier, wir haben schon angefangen.

Sorbello Sie haben den Mond wieder aufgehängt!

Flower Der Mond aus Rigoletto war das!

Anderer Investor Mond hat man heute gar nicht mehr. Veraltete Ästhetik!

König Artus Ich verstehe jetzt, Sie sind in die Irre gelockt worden! Sie sind ganz in Verwirrung, wissen gar nicht, wo Sie sind!

Sorbello Dies ist ein Opernhaus! *Singt.* Opernhaus!

Die Tante Wissen wir doch, wissen wir doch!

Franky Frank Okay, jetzt will ich mal zu Wort kommen. Das hier war mal ein Opernhaus, und es gibt in unserem Land immer noch 153 von diesen Dingern, Stuckschachteln oder Betonklötze – je nachdem. Lauter Filetgrundstücke. Immer beste Innenstadtlage. Bringen aber nichts ein, kosten nur Geld, viel Geld, unser Geld. Und für wen das Ganze? Wer will denn noch sehen, was die da drinnen treiben? Alles nicht mehr zeitgemäß. Schon vor Jahrzehnten hat ein Komponist aus Frankreich gerufen: Sprengt die Opernhäuser in die Luft! Gut und schön. Aber, gottlob, ist das nicht geschehen, jetzt kann man die Dinger verkaufen.

Sorbello Ein Verrückter!

Franky Frank Das hier ist doch bloß noch ein Rattenloch! Ein Dreckloch für Ratten und Penner! Und womöglich Kriminelle!

Sorbello In neuem Glanze muß es auferstehen!

Flower Ich sterbe für die Oper!

Collani Na bitte! Sterben Sie! Das ist Ihre Privatsache!

Franky Frank Millionen Steuergelder für eine verschwindende Minderheit! Wer geht denn heute noch in die Oper?

Anderer Investor Ich gehe hin und wieder mal ganz gerne in die Oper. Das gönne ich mir. Salzburg ... Aix ...

Der junge Investor Eine verschwindende Minderheit!

Anderer Investor Meine Kinder interessiert das allerdings überhaupt nicht.

Franky Frank Die öffentlichen Haushalte schwer verschuldet, Schwimmbäder geschlossen, Kindergärten fehlen, dafür braucht man Geld! Sport, Gesundheit, nicht für diesen teuren Hokuspokus!

Der junge Investor Antiquiert, zu teuer, zu elitär!

König Artus Ich sehe jetzt, Sie kommen von einem fremden Stern. Verschwinden Sie!

Franky Frank Nehmen Sie doch mal die USA: 230 Millionen Einwohner, vier Opernhäuser! Ein dynamisches Land!

Flower Ich werde singen!

Collani Wenn Sie die neue Callas sind, gehe ich mit Ihnen an die Börse!

Geschrei und Drohgebärden der Shepherds, als die bulligen Wachmänner auf Collanis Befehl anfangen, die Operngeister und Flower, Sorbello, Frosty Billy zurückzudrängen. Da verwandelt Filidels Zauberkraft die Wachmänner in reglose Gestalten. Wie Holzpfähle werfen die Operngeister sie um. Aber nun rücken die Investoren selber gegen sie vor.

Die Shepherds stellen sich in Positur.

Ein Shepherd *singt.*

»Come if you dare«, our trumpets sound.
»Come if you dare«, the foes rebound.
»We come, we come, we come, we come,«
Says the double, double, double beat of
the thund'ring drum.

Frosty Billy *während des Gesangs.* Kommt her, wenn ihr euch traut! – Jetzt geht's los! Achtung! – Die wollen euch die Knochen brechen! Ein Mikro brauch ich!

Hallo! Ich gebe mal bekannt, wo meine Sympathien liegen. Nicht bei den Typen mit Krawatte und Aktenkoffern, bei denen nicht! Ihre Gorillas sollen unsere Augen nicht beleidigen! Solln ihren Kung Fu woanders machen! Nicht bei uns!

Alle *singen.*

»Come if you dare«, our trumpets sound.
»Come if you dare«, the foes rebound.
»We come, we come, we come, we come,«
Says the double, double, double beat of
the thund'ring drum.

Frosty Billy *während des Gesangs.* Schick sie mal nach Hause, King! Heb mal dein Schwert hoch zum Himmel, damit die Respekt kriegen, King! Ein bißchen mehr Respekt vor den Künstlern bitte ich mir aus! – Da singt die kleine Dicke. Sing lauter, sing lauter! Du bist ne Wunderwaffe, wenn du singst! Ne Atombombe bist du, machst sie alle platt mit deinem Gesinge! – Und gib jetzt mal endlich Kommandos, King! Steh nicht da wie'n Ölgötze! – Au weia, jetzt kippt die Sache! Es sieht nicht gut aus für unsere Mannschaft. Das will ich gar nicht schildern. Da ziehe ich mich zurück. –

Ein Shepherd *singt.*

Now they charge on amain.
Now they rally again.
The Gods from above the mad labour behold,
And pity mankind that will perish for gold.

Frosty Billy *während des Gesangs.* Merlin! Merlin! Jetzt rufen unsere nach ihrem ollen Magier, ob der noch helfen kann mit seinen Tricks. Toll! Der hebt die Arme und wirft Salz. Nein, ist kein Salz! Ist was anderes! Ist Staub! Nein, das sind Mücken, – Mücken- staub! Bravo, alter Trickbetrüger! Jetzt schlagen unsere Feinde auf sich selber ein! Da kommt Freude auf, kann ich euch sagen!

Alle *singen.*

Now they charge on amain.
Now they rally again.
The Gods from above the mad labour behold,
And pity mankind that will perish for gold.

Die Truppe von König Artus scheint zu unterliegen, da reckt Merlin beschwörend seine Arme hoch. Ist es ein goldener Staub, den er über die Feinde wirft, ein flimmerndes, langsam sich senkendes Wolkengebilde, sehr locker, keine feste Form, einzuatmen wie Luft, ohne Mühe: da sind die Investoren plötzlich mißtrauisch gegeneinander. Sie geraten in Wut, schreien sich an, gehen mit Fäusten aufeinander los.

Die Investoren Mir geht ein Licht auf! Gerade noch rechtzeitig! – Sie haben sich das Filetstück gesichert. Und ich? – Von Abschreibungshasardeuren bin ich umgeben! – Sie mit Ihren fünf Prozent! Lachhaft!

Collani Aber meine Herren ...!

Die Tante Was heißt »Herren«! Ich bin auch noch da!

Die Investoren Leider. – Ich zeichne doch keine Anteile, und Sie sind noch nicht mal im Grundbuch! – Die Auflassungsverfügung! Die Grundbucheintragung! Die Gewährleistungsvereinbarung! Wo ist das alles? Ich sehe nichts davon!

Collani Aber Sie können doch lesen?

Investor *empört.* Ich kann lesen?

Collani Etwa nicht?

Die Investoren Ich kann lesen, schreiben – und rechnen! – Gratuliere! – Und ich rechne und rechne, alles Betrug! – Ihnen ist nicht zu trauen! – Faul! Faul! Oberfaul! – Wissen Sie, was Sie sind? – Ich verlange Fakten! Ich will Fakten! *Er schlägt mit seiner Dokumentenmappe auf Collani ein.*

Collani Bleiben Sie doch sachlich!

Investor Ich bin sachlich! *Er schlägt mit der Mappe auf einen anderen Investor ein.*

Die Investoren Alles viel zu teuer! Rendite null! – Mit mir nicht! – Der Fond ist ja nicht mal geschlossen. – Schwindel! – Mafios! – Ich sehe die Pleite voraus. – Sie Hellseher! – In Ihrem Gesicht!

Collani Ich versuche, zu lächeln.

Investor *schreit* Um so schlimmer! *Ohrfeigt Collani.*

Collani Das geht zu weit!

Die Investoren Sie wollen mir Ratschläge erteilen und beherrschen nicht mal das kleine Einmaleins. – Irrtum!

Und wie zum Hohn läuft der Beschimpfte hinter dem anderen her und schreit ihm das kleine Einmaleins ins Ohr, bis der sich umdreht und dem Gegner den Hals zudrücken will. Sie ringen. Alle sind gegeneinander, fallen einander an wie wütende Hunde, willens, den anderen zu ersticken, zu Boden zu werfen.

Plötzlich ist der Zauber vorbei, die Investoren stehen und liegen verlegen da, wissen nicht, was über sie gekommen ist.

Die Investoren Entschuldigen Sie! – Was wollte ich eigentlich sagen? Ich glaube, das Gegenteil wollte ich sagen. – Können Sie das verstehen? – Es ist mir unendlich peinlich. – Verzeihung, Verzeihung.

Die Investoren gehen leise und verlegen weg.

Frosty Billy Sie schleichen sich weg! Denen weine ich keine Träne nach!

Ein Shepherd *singt.*

The fainting Saxons quit their ground,
Their trumpets languish in their sound,
They fly, they fly, they fly, they fly,
»Victoria, Victoria,« the bold Britons cry.

Collani versucht, seine flüchtenden Investoren beieinanderzuhalten.

Alle *singen.*

The fainting Saxons quit their ground,
Their trumpets languish in their sound,
They fly, they fly, they fly, they fly,
»Victoria, Victoria,« the bold Britons cry.

Die Tante hat sich Collani an den Arm gehängt, will nicht loslassen, wie er auch schüttelt. Emmeline! *schreit die Tante.* Rettet das arme blinde Kind! Befreit sie aus den Händen dieser Lumpenkerle! Sie ist eine reiche Erbin!

Ein Shepherd *singt.*

Now the victory's won,
To the plunder we run,
We return to our lasses like fortunate traders,

Thriumphant with spoils of the vanquish'd
invaders.

Da investiere ich! *ruft Franky Frank energisch und macht sich daran, Emmeline aus dem feindlichen Lager zurückzuholen. Das gelingt ihm.*

Frosty Billy *übersetzt.* Der Sieg ist gewonnen, jetzt geht's ans Plündern!

Alle *singen.*

Now the victory's won,
To the plunder we run,
We return to our lasses like fortunate traders,
Thriumphant with spoils of the vanquish'd
invaders.

Merlin Spät, als die Schlacht schon geschlagen ist und die Sieger das Feld behaupten, bemerkt König Artus, daß der Feind Emmeline entführt hat. Nun, wie aus einem Traum erwachend zu altem Heldenruhm, will er losstürmen, sie zurückgewinnen. Warum willst du sie haben? frage ich ihn listig.

König Artus Wenn ich sie befreie, wird sie mich erkennen und lieben. Die Liebenden vereinen sich ja immer am Ende.

Merlin Du bist ein Träumer.

19. Träume

Frosty Billy Manche haben ja schöne Träume, ich hab keine schönen. Will ich noch einen erzählen, oder zwei. Ich gehe auf der Straße, da liegt ein Paket. Ich bücke mich, um nachzusehen, was da drin ist, und da merke ich, das Paket atmet! Bewegt sich leise. Und wie ich es vorsichtig hochhebe, den Bindfaden losknüpfe, sehe ich zu meinem Schrecken: da ist ja mein Pimmel drin! Und zwar wirklich! Wer hat ihn mir abgeschnitten? Nee, ich bin kein Organspender! Niere kann ich wohl mal spenden bei Gelegenheit, aber das, nee, das nicht! Und ich seh an mir runter, da ist der Pimmel weggeschnitten, und es tropft. Und das Ding springt mir aus der Hand und läuft auf der Straße davon … wie n flüchtiges Huhn, ich hinterher und da ist ne Blutspur, damit jeder sehn kann, mir ist was abgeschnitten. – Bleib da, bleib da! rufe ich. Da bin ich aufgewacht.
Meine Träume enden immer katastrophal, das kenne ich schon. Ein Gaskessel platzt, alle rennen weg, nur ich komme nicht von der Stelle. Mein letzter Geldschein flattert in den Gully. Ich komme dazu, wie ein Schwein geschlachtet wird – das Schwein ist ein Kind. Ich sehe, wie ein Sarg gebracht wird, der ist nicht ganz zu, hat zwei Flügeltüren wie ein Schrank. Ich sehe rein, und was seh ich? Meine Mutter, nee, ich selber bin da drin gelagert. Ich selber liege als Leiche da drin. Schnell zugeknallt die Türen, aber die gehen nicht ganz zu, da klemmt was! Da klemmt so ein Ding, das rausragt: meine Nase! Bin verzweifelt, drücke die Türen zu mit aller Kraft, damit meine Leiche nicht wieder raus kann.

Das würde ich ja nicht überleben. Aber die Nase! Seh immer nur die Nase zwischen den Sargdeckeln. Au! Au!
Er läuft weg.

20. All is but illusion

Sorbello Sieg! Sieg! Sieg!

Ein Shepherd *singt*

To the plunder we run …

Anderer Shepherd Jetzt wird gefeiert, der Tisch ist lange schon gedeckt! Nehmt mal das Tuch ab!

Zwei der Shepherds ziehen das Tuch vom Buffet. Großer Applaus für das üppige Festmahl.

König Artus *fährt aus seinen Grübeleien hoch, wird plötzlich aktiv.* Hat einer von meinen Rittern das blinde Mädchen gesehen?

Frosty Billy Ja, hab eins gesehen. Das haben die Kerle wieder mitgenommen.

König Artus Die Eroberer haben sie entführt! Ich muß sie befreien!

Flower Entführung war das keine. Sie ist absichtlich mit denen mitgegangen.

König Artus Lügnerin!

Merlin Vergiß die Dame.

Frosty Billy Ich hab sie mal beschnuppert, hat mir nicht gut gerochen.

Jeff mit der Narbe So gut wie du sicher nicht, die kommt ja nicht aus der Mülltonne wie du!

Frosty Billy War ein fremdartiger Geruch! … Eau sauvage … Shalimer …Vol de nuit … Ma griffe … Eau de Guerlain … Amour fou … Rêverie … all das Zeug, teuer! Teuer!

König Artus Merlin! Da drüben sehe ich sie!

Merlin All is but illusion …

Arm in Arm mit dem jungen Investor Franky Frank ist Emmeline erschienen. Die beiden sind ein Paar, die Tante freut sich.

Purcells Stimme *von weit oben aus der geborstenen Kuppel.*

O Solitude, my sweetest choice,
Places devoted to the night ...

Emmeline wirkt irritiert. Bemerkt sie Purcells helle Gestalt, die höher und höher schwebt, bis sie oben im gleißenden Licht verschwindet? Mit dem vagen Lächeln der Blinden neigt sie den Kopf, geht unsicher ein paar Schritte.

Franky Frank *fragt sie besorgt.* Was hast du?

Emmeline Ist da oben ein Lichtfleck?

Franky Frank Ich sehe nichts. Da ist nichts.

Emmeline Nein, nichts. *Sie umarmt den jungen Mann.*

Franky Frank Wir gehen auf Reisen, Emmeline! Es wird wunderbar! Nur Fünf-Sterne-Hotels! Alles vom Feinsten! Die faszinierendsten Plätze der Welt, die Wüste, Mexiko, Rio, den Wahnsinn von Las Vegas, die Chinesische Mauer, die Pyramiden, Wasserfälle und Vulkane, alles, was du willst ...

Emmeline *lacht.* Ich bin doch blind.

Franky Frank Aber ich nicht! Und ich sage dir dann, was ich sehe!

Emmeline *antwortet nicht.*

Die Tante Sie hat sich ja mal eingebildet, daß sie sehend wäre ...

Franky Frank Emmeline! – Meinetwegen gehen wir auch mal in die Oper, wenn du willst. Macht mir nichts aus!

Frosty Billy *hat die Gelegenheit benutzt, sich unbeobachtet über das Buffet herzumachen.* Lauter feine Sachen!

Froschschenkel, Wachteln! Kaviar! Getrüffelte Pasteten! Entenbrüstchen! Champagner! Die Torte, Tiramisu ... Er frißt uns alles weg! *schreit jemand auf, und alle eilen zur Tafel, um Frosty Billy wegzuzerren.*

Frosty Billy Ich muß doch alles probieren! Muß ich doch!

Flower Jetzt ist er schon bei den Torten!

Frosty Billy Muß ich doch! Von jeder Sorte nen Happen! Einer muß doch probieren, ob das Zeug vergiftet ist! So was hört man doch oft!

Flower Mein Gott, vergiftet?

Frosty Billy Mach ich alles nur für euch! *Er versucht, weiterzuschlingen, während sie ihn vom Tisch wegzerren.*

Jeff mit der Narbe *oben an der Tür, ruft herunter.* Die Augen werden euch ausbrennen!

Ein Shepherd Komm runter zu uns, Jeff! Brauchst dein Beil nicht mitzubringen, hier gibt's Messer und Gabel für jeden!

Jeff mit der Narbe Ich will in die heißen Flammen nicht sehen!

Anderer Shepherd Hölle gibt's nicht, Jeff, hier ist das Paradies auf Erden!

Anderer Shepherd Hier haben wir alle Flügel. Müssen aber noch fliegen lernen.

Anderer Shepherd Alles der Reihe nach! Zuerst muß König Artus seine Festrede halten, dann wird gefeiert!

König Artus *mit pathetischer Geste.* Ein großer Tag! Schweigen. *Dann in verändertem Ton.* Hat einer von meinen Rittern das blinde Mädchen gesehen?

Merlin Vergiß es! Vergiß es!

König Artus Ich habe sehr schön gesungen, das hat sie begeistert.

Merlin Dann sing doch, König Artus!

König Artus *singt.* »Sweeter than roses ...« *Er bricht ab, er weiß nicht weiter.*

Flower Ich kann singen!

Sorbello Bloß nicht! Bloß nicht! Die Stimme ist noch nicht reif!

Flower *spricht schwärmerisch den Text.* »... was the dear kiss. First trembling made me freeze, than shot like fire all over. What magic has victorious love.«

Ein Shepherd Woher kennst du denn so was?

Flower Aus der Oper. Ich lebe und sterbe für die Oper!

Frosty Billy hat sich zu Boden fallen lassen, krümmt sich und stößt wilde Schreie aus.

Sorbello Bist du ein Hund?

Flower Was ist denn mit dem Mann los?

Jeff mit der Narbe Frosty Billy, laß die Faxen!

Flower Er krümmt sich, er krümmt sich!

Als sie schnell in ein Törtchen beißen will, schlägt ihr Sorbello den Happen aus der Hand.

Sorbello Weg mit dem Gift!

Flower Wie schade!

Sorbello Da liegt er, blau im Gesicht und röchelt!

Jeff mit der Narbe Spuck das Zeug aus, das Zeug ist vergiftet!

Flower Komm doch hoch, Frosty Billy!

Sie zerren ihn unter dem Tisch heraus, legen ihn auf das Buffet.

Ein Shepherd Ich steck dir die Finger in den Hals! *Er tut es.*

Sorbello Wir sind alle vergiftet! *Sperrt den Mund auf, alle sperren die Münder auf und zeigen einander die Zunge.*

Flower Ich nicht. Ich esse nur wie ein Vögelchen.

Alle *reden durcheinander.* Er ist jetzt ganz grün im Gesicht. – Richtig. Das ist er immer. – Zeig mal deine Zunge her, Frosty. – Die Zunge ist schwarz, ich glaube, er ist schon tot. – Es sollte doch eine Siegesfeier sein, und jetzt liegt da ne Leiche.

Flower Und eine Braut ist auch nicht da!

Sorbello Was für eine Braut?

Flower Es muß eine Braut her, wie in der Oper! Für das Finale!

Jeff mit der Narbe Hat jemand ne Braut gesehen?

Frosty Billy *springt schnell auf.* Hier fehlt ne Braut? Die Braut bin ich! *Er tänzelt kokett auf dem Tisch zu König Artus hin.*

Flower Du häßlicher alter Bock!

König Artus Häßliches Trugbild! Weg damit!

Ein Shepherd Wollen wir mal nachsehen, ob du ne liebliche Braut bist oder bloß ein stinkendes altes Arschloch!

Großes Gegröle, Gelächter und Geschrei. Sie fallen über Frosty Billy her, küssen ihn, ohrfeigen ihn, reißen ihm die Kleider vom Leib.

Flower *für sich.* Ach, was für eine schöne Braut wäre ich! Wie schön würde ich mich bewegen.

Sorbello *singt.* Do re mi fa sol.

Die Shepherds *reden durcheinander.* Ergebnis der wissenschaftlichen Untersuchung: die Braut ist bloß ein Mann! – Ich esse jetzt die restlichen Wachteln auf. – Es ist ja noch alles da! Es hat ja keiner mehr was angerührt. – Ich zittre noch. Ich kann keinen Bissen runterkriegen. – In Todesschrecken hat er mich versetzt. – Uns alle! Das soll er büßen!

Sie haben Frosty Billy vom Tisch gezerrt, werfen ihn wie einen Kadaver in die Ecke zum Abfall. Dort bleibt er regungslos liegen.

Ein Shepherd *singt.*

We'll toss off our ale till we cannot stand;
And heigh for the honour of old England.

Flower Wenn er mir doch nur einen einzigen Blick schenken würde, oder zwei, ich bin nicht so dick, wie es auf den ersten Blick vielleicht aussieht. *Sie fängt an, sich auszuziehen.*

Sorbello *singt.* Do re mi fa sol.

Flower Und eine Krone habe ich auch schon. War ein Werbegeschenk von der Lotterie.

Alle haben sich um die Tafel versammelt, essen und betrinken sich, werden immer lustiger und wüster.

Ein Shepherd *singt.*

Your hay, it is mow'd and your corn is reap'd,
Your barns will be full and your hovels heap'd.
Come, boys, come,
Come, boys, come.
And merrily roar out our harvest home.

Alle *singen.*

Harvest home
harvest home
And merrily roar out our harvest home.

Ein Shepherd *singt.*

We've cheated the parson, we'll cheat him again,
For why shou'd a blockhead have one in ten?
One in ten,
One in ten,
For why shou'd a blockhead have one in ten?

Alle *singen.*

One in ten,
One in ten,
For why shou'd a blockhead have one in ten?

Ein Shepherd *singt.*

For prating so long, like a book-learn'd sot,
Till pudding and dumpling are burnt to the pot:
Burnt to pot,
Burnt to pot,
Till pudding and dumpling are burnt to pot.

Alle *singen.*

Burnt to pot,
Burnt to pot,
Till pudding and dumpling are burnt to pot.

Ein Shepherd *singt.*

We'll toss off our ale till we cannot stand;
And heigh for the honour of old England;
Old England,
Old England,
and heigh for the honour of Old England.

Alle *singen.*

Old England,
Old England,
and heigh for the honour of Old England.

Merlin *zum Publikum.* Die groben Kerle benehmen sich leider wie die Säue, ich kann sie nicht daran hindern.

Flower Jetzt habe ich mir die Krone schon mal selber aufgesetzt. *Sie geht mit komisch feierlichen Schritten auf König Artus zu und setzt sich neben ihn.*

König Artus *singt.*

Fairest isle, all isles excelling,
Seat of pleasure and of love;
Venus here will choose her dwelling,
And forsake her Cyprian grove.
Cupid from his fav'rite nation,
Care and envy will remove;

Jealousy that poisons passion,
And despair that dies for love.

Gentle murmurs, sweet complaining,
Sighs that blow the fire of love;
Soft repulses, kind disdaining,
Shall be all the pains you prove.

Ev'ry swain shall pay his duty,
Grateful ev'ry nymph shall prove;
And as these ...

21. I've brought ye together

Plötzlich bricht, von der Abrißbirne draußen getroffen, die Rückwand des Theaters krachend zusammen. Alle flüchten, verstecken sich in Panik. Nun liegt Totenstille über der Szene. Als sich die Wolke aus Mörtel, Sand und Zementstaub langsam senkt, wird die ganze Verwüstung sichtbar: Steinbrocken, Unrat und Mauerstücke überall. Die geborstene Rückwand gibt den Blick auf die nächtliche Stadt frei. Schnee fällt durch die aufgerissene Decke herunter. Dann bewegt sich etwas, unter den Trümmern kriecht eine erbärmliche Gestalt heraus: Frosty Billy. Er jammert, er schreit, er ist wütend und ängstlich, er weiß nicht, wo er ist, glaubt, er sei tot und in die Hölle geraten. Schließlich entdeckt er Purcell, der ganz unversehrt, lächelnd über die Trümmer steigt.

Frosty Billy *schreit.* Dreckschweine! Alles haben sie mir weggenommen, sogar die Hose haben sie mir vom Arsch gerissen! Ich bin grün und blau, geschunden und blutig am ganzen zitternden Körper.

Purcell *singt.*

What ho! thou genius of this isle, what ho!
Liest thou asleep beneath those hills of snow?
Stretch out thy lazy limbs. Awake, awake!
And winter from thy furry mantle shake!

Purcell geht zu Frosty Billy hin, beschwichtigt ihn; da wird Frosty Billys Stammeln und Zittern zu Gesang:

Frosty Billy *singt.*

What power art thou, who from below
hast made me rise unwillingly and slow

from beds of everlasting snow?
See'st thou not how stiff and wondrous old
Far unfit to bear the bitter cold
I can scarcely move or draw my breath?
Let me, let me freeze again to death.

Purcell *singt.*

Thou doting fool, forbear, forbear!
What dost thou mean by freezing here?
At love's appearing
All the sky clearing
The stormy winds their fury spare
Thou doting fool, forbear, forbear!
What dost thou mean by freezing here?

No part of my dominion shall be waste:
To spread my sway and sing my praise
E'en here I will a people raise
Of kind embracing lovers, and embrac'd.

Durch Purcells Zauber und durch die Macht der Musik bricht hoch über den Trümmern gleißendes Licht herein. Nun kommen auch hier und da und dort die verschreckten Geister wieder heraus. Filidel, die Shepherds, König Artus und Flower.

Sie singen.

See, see, we assemble
Thy revels to hold:
Tho' quiv'ring with cold
We chatter and tremble.

Purcell

'Tis I, 'tis I, 'tis I that have warm'd ye.
In spite of cold weather

I've brought ye together.
'tis I, 'tis I that have warm'd ye.

Chor

'Tis Love, 'tis Love, 'tis Love that has …

Alles will sich glücklich zu einer großen Apotheose der Kunst ordnen, da verläßt Purcell, von den anderen unbemerkt, die Szene. Sofort bricht die Musik ab. Im nüchternen Arbeitslicht suchen die Sänger und Schauspieler ihre Requisiten zusammen, Schwerter, Stühle, Blumengirlanden, Pokale, die Krone, Reste vom Festmahl, und verlassen den Schauplatz.

Em. But now I fear
He'll be too great, to love poor silly me.
If he be dead, or never come agen,
I mean to die: But there's a greater doubt,
Since I ne'er saw him here,
How shall I meet him in another World?
Mat. I have heard something, how two Bodies meet,
But how Souls joyn, I know not.
Em. I shou'd find him,
For surely I have seen him in my Sleep,
And then, methought, he put his Mouth to mine,
And eat a thousand Kisses on my Lips;
Sure by his Kissing I cou'd find him out
Among a thousand Angels in the Sky.
Mat. But what a kind of Man do you suppose him?
Em. He must be made of the most precious things:
And I believe his Mouth, and Eyes, and Cheeks,
And Nose, and all his Face, are made of Gold.
Mat. Heav'n bless us, Madam, what a Face you make him!
If it be yellow, he must have the Jaundies,
And that's a bad Disease.
Em. Why then do Lovers give a thing so bad
As Gold, to Women, whom so well they love?
Mat. Because that bad thing, Gold, buys all good things.
Em. Yet I must know him better: Of all Colours,
Tell me which is the purest, and the softest.
Mat. They say 'tis Black.
Em. Why then, since Gold is hard, and yet is precious,
His Face must all be made of soft, black Gold.
Mat. But, Madam———
Em. No more; I have learn'd enough for once.
Mat. Here are a Crew of Kentish Lads and Lasses,
Wou'd entertain ye, till your Lord's return,
With Songs and Dances, to divert your Cares.
Em. O bring them in,
For tho' I cannot see the Songs, I love 'em;
And Love, they tell me, is a Dance of Hearts.

Enter Shepherds and Shepherdesses.

1 Shepherd sings. *How blest are Shepherds, how happy their Lasses,*
While Drums & Trumpets are sounding Alarms!
Over our Lowly Sheds all the Storm passes;
And when we die, 'tis in each others Arms.

Nachbemerkung

Die Ruine eines alten Theaters in Palermo ließ uns an die Schatten all der Gestalten denken, die da auf der Bühne ihr Leben hatten. Die Vorstellung, daß in diesem verfallenen Gebäude wieder Personen auftreten, sich eine Handlung entwickeln könnte, machte uns Vergnügen. So haben wir angefangen – planlos noch – Szenen, Situationen zu entwerfen, die sich an einem Ort wie diesem ereignen könnten. Wer haust in den verlassenen Mauern? Wer treibt sich dort herum? Ein paar schräge Vögel haben sich eingenistet, das Gebäude soll abgerissen werden, Investoren treten auf. Da erklingt Musik von irgendwo, als redeten die zerbröckelnden Mauern, die geborstenen Kulissen von den Beteuerungen leidenschaftlicher Gefühle, von Triumph und Klage, die sie aufgenommen und bewahrt haben. Orpheus singt. Einen Sängerknaben stellten wir uns vor, es ist Purcell, Orpheus Britannicus, der mit seinem Gesang die Welt zum Klingen bringt. Aus halbmythischer Zeit tauchen, von der Musik zum Leben erweckt, seltsame Gestalten auf: der Zauberer Merlin, König Artus mit seinen Leuten, der Luftgeist Filidel, Nymphen. Die Investoren wollen das Gebäude räumen lassen. Nach dem Abriß soll hier, auf diesem wertvollen Grundstück, ein profitables Einkaufszentrum entstehen. Die Operngeister wehren sich gegen ihre Vertreibung, nehmen den Kampf gegen Geschäftsinteressen und brutalen Kommerz auf.

Purcells Werk »King Arthur« ist eine Halboper für Sänger und Schauspieler, sie handelt von mittelalterlichen Kriegen, von Entführung und Zauberei, von der Liebe King

Arthurs zu der blinden Prinzessin Emmeline. In dieses alte Stück haben wir ein neues hineingeschrieben. Ein szenisches Palimpsest ist so entstanden, unter dem neuen Text sind die alten Schriftzüge noch hie und da sichtbar. König Artus glaubt, in der schönen Blinden, die mit den Investoren gekommen ist, seine geliebte Prinzessin Emmeline wiederzuerkennen. Er betört sie mit seinem Gesang. Als sie durch Merlins Zauberkraft sehend geworden ist, erkennt sie Menschen und Dinge nicht wieder, auch König Artus nicht, den sie in ihrer schönen Nachtwelt geliebt hat.

Alle in den Text eingefügten musikalischen Nummern sind der Oper »King Arthur« und einigen anderen Werken Purcells entnommen. Wir haben sie nicht übersetzt. Purcell hat den Wortklang des Englischen meisterhaft in seine musikalische Sprache übertragen. Nicht Schauspiel, nicht Oper wollten wir das Stück nennen. Vielleicht wäre »Capriccio« das richtige Wort dafür: wir wollten Disparates zusammenfügen zu einer großen klingenden Apotheose der vom Abriß bedrohten Kunst.

Tankred Dorst

Henry Purcell. Zeichnung von Johann Baptiste Clostermann, um 1695.

Getäuschte Augenblicke oder Trümmerlandschaft mit Emmeline, Purcell, Dryden und King Arthur

Blinde – so gehen wir und gehen allein ... *Richard Beer-Hofmann*
Ich sehe was, was du nicht siehst. *Kinderreim*

I »Geduld. Wir haben Zeit«, sagt Tankred Dorsts Merlin. Wie lange noch ..., fragen wir. Während des englischen Bürgerkrieges wurden die Theater geschlossen. Der puritanische Asketismus wetterte gegen den auf den Bühnen sich zutragenden Sittenverfall, auch gegen die hybride imitatio dei, die das Schauspielerleben genuin mit sich bringe. Dann, als Bürgerkrieg, Pestilenz und Großbrand vorbei waren, stürzte man begehrlich in die wiedereröffneten Häuser und staunte. Erste Triumphe einer sich von nun an entfesselnden Bühnentechnik, Zauberei allenthalben. Nach dem Zweiten Weltkrieg, als den Frauen draußen, vor den Ruinen, beim Abräumen des Schuttes gerade die erste Ordnung gelungen war, spielte man in Kellern gemäß Hugo von Hofmannsthals Wort »Also spielen wir Theater ...«, beeilte man sich mit dem Wiederaufbau der alten Spielstätten. Bald kamen neue dazu, und man erreichte die alte Duodez-Zahl. Manchmal, schließlich so im alten Frankfurter Schauspiel, blieben die von den Bomben verschonten Trümmerreste stehen, und moderne Stadttheater wurden darauf und daran gebaut; nicht selten im Stile des sogenannten Gelsenkirchener Barock. Die Skulpturen und Objekte von damals lösen heute als Mahnmale des Wirtschaftswunders ein wehmütiges Lächeln aus. In solchen Gebäuden vollzog sich Ende der 60er Jahre die Publikumsbeschimpfung, und kurz darauf forderten musikalische Edelrevolutionäre dazu auf, die Opernhäuser einfach in die Luft zu sprengen. Kluge und Warner kamen und sagten, diese Häuser seien ja keine Kaufhäuser, sondern Kraftwerke der Gefühle. Gefühlsexplosionen wurden reklamiert, um den drohenden Verfall aufzuhalten, die melancholische Unendlichkeit schwindender Abonnements.

1987 brannte der Bühnenturm der Frankfurter Oper, damals noch am Theaterplatz, der heute Willy-Brandt-Platz heißt. Als die Flammen den Turm zerfraßen, sah ich am frühen Morgen dort schon John Cage stehen, dessen neues Anti-Werk *Europeras* in den nächsten Tagen uraufgeführt werden sollte. Cage stand da in seinem blauen Overall und schaute. Ich dachte an Nero. »All is but illusion« – vielleicht sogar noch der Verfall der Dinge. Tankred Dorsts *Purcells Traum von König Artus* spielt in einem ehemaligen Opernhaus im Verfall. Geplant ist dort ein neues Supereinkaufszentrum. (Im kleinbabylonischen Frankfurt dachte man nach dem Brand für eine kurze Zeit tatsächlich daran, ein multifunktionales Hochhaus mit integriertem Theater, Banken, Einkaufszentrum und multikulturellen Krabbelstuben an die Stelle des halb abgebrannten Hauses zu setzen.) In Dorsts verwüstetem Gebäude sehen wir zunächst einen Menschen, der *nicht* sehen kann. Es ist – so ergreifend wie bei John Dryden – Emmeline, die fast in den Orchestergraben fällt. Purcell, »der schöne Sängerknabe, der wie Orpheus die Welt zum Klingen bringt«, dessen Stimme sie anlockt, trägt hieran die Schuld. Das Unglück kann gerade noch verhindert werden durch einen schütteren, zerzausten Alkoholiker namens Frosty Billy, der hier haust. Er lügt wie Papageno, denn er behauptet, ihm gehöre die schöne Stimme. Purcells Stimme – von Zeitgenossen als »wunderschönes Singen«, vorgetragen »mit unglaublicher Grazie«, gerühmt – erfüllt die Spielruine. Emmeline möchte diese Stimme *sehen*. Statt dessen beginnt das Spiel des Big Business. Es treten statt der heidnischen Angelsachsen ihre mit allen modernen Schikanen versehenen Erben auf, knallharte Geschäftsleute, deren Ohren sich den Mulden ihrer Handies längst angepaßt haben. »Unser Schlachtfeld ist der Markt«, verkündet der Investor. Unter der Leitung Collanis, des Geschäftsführers der Investmentgesellschaft, wird das Gelände sondiert. Die Artuswelt erwacht im Labyrinth des Theaters. Die Theaterwesen werden immer wirklicher, die Zeiten wanken wie im *Sommernachtstraum*, und der alte Merlin, Dorsts langjähriger Weggefährte, sinniert wie Hofmannsthals Marschallin über die Relativität der Zeit: »Schau uns doch an: Wir gehören in die Vergangenheit und sind doch jetzt hier. Oder etwa nicht?« Am Schluß soll ein Fest, eine kleine Orgie, den Sieg der Bühnenfiguren und ihrer lebensweltlichen Partner über die Marktstrategen feiern. Ein typischer Theatersieg. In Wirklichkeit erklingt schon die Abrißbirne. In welcher Wirklichkeit? In der des Theaters ..., vorläufig noch. Wie lange noch, fragen wir?

II Harte Zeiten nicht nur auf dem Kontinent, wo ein Drittel der Menschen den großen Krieg nicht überlebt hatte. Lange sieht es in England so aus, als ob es das Jahrhundert Calibans werden sollte. Dem elisabethanischen Optimismus folgen Zeiten äußerster Verfinsterung, der Melancholie, der Weltflucht; Zeiten des Wandels, die erstmals die öffentliche Exekution eines Königs mit sich bringen, Zeiten des religiösen Wahns und des parasitären Kleingeistes. Zeiten auch, die – um den eigenen Kopf nicht in die

Schlinge zu legen – Überwinterungsstrategien erfordern, darunter machiavellistische wie provisorischen Opportunismus und chamäleonhaftes Virtuosentum der Angleichung. Auch John Dryden wußte sich nicht anders als mit einer äußerlich elastischen Verwandlungshülle durch die Wechselfälle des politischen Daseins zu navigieren, darin ganz anders disponiert als der unbewegliche Puritaner Milton, der seinen Kopf vielleicht nur auf den Schultern behielt, weil er rechtzeitig blind wurde. Am Ende von Königsmord, puritanischem Ikonoklasmus und Bürgerkrieg gesellten sich noch die Seuche und eine verheerende Feuersbrunst hinzu. Dann durfte man wieder spielen. Als Purcell und Dryden sich trafen, wehte endlich ein neuer Wind.

Wie verschlungen, wie rätselhaft nehmen sich die Wege der Kunst gegen die geradlinige wirtschaftliche Tendenz des Jahrhunderts aus. Ein Jahr nach Henry Purcells Geburt stirbt Cromwell, Lord-Protector von England, Schottland und Irland. Es tobten noch die von ihm angezettelten Handelskriege, die Eroberung Westindiens schritt voran. Der merkantile Imperialismus schuf sich seine bis zum heutigen Tage andauernde Macht. Was verschlug es, daß schon bald das gleißnerische Porträt des edlen Wilden die letalen Konsequenzen für die sogenannten Kolonien übertünchen sollte? Im Jahr vor Purcells Tod kam es in einer seltsamen, prunkvollen und pragmatischen Mischung zum offiziellen Gründungsakt. Als Mittelpunkt der staatlichen Anleihepolitik wurde die Bank von England aus der Taufe gehoben. Die Geburt des Kapitalismus aus dem Geiste einer unumkehrbaren teleologischen Fortschrittsdynamik vollzog sich ungestört von allen politischen und sozialen Diffusionen jener Epoche, die epidemisch heimgesucht wurde von der nunmehr im neuzeitlichen Gewande auftretenden Phalanx der alten apokalyptischen Reiter. Der Reichtum der Handelsbilanzen konsolidierte sich in dem Maße, in dem die Population des Kontinents durch Kriege schrumpfte. Bürgerkriege, Revolutionen, Hungersnöte und Auswanderungswellen kamen hinzu.

Gleichzeitig aber formierte sich das eigentliche System des Commonwealth, als dessen wirkliche Ironsides sich nicht entfesselte Schwertkämpfer, sondern kalkulierende Kaufleute entpuppten, ewige Collanis. In den Seekriegen ging es um die ökonomische Herrschaft. Im gerade gegründeten Volkswirtschaftsrat schrieb man die Monopolansprüche fest, in der gegen die holländische Frachtschifffahrt gerichteten Navigationsakte wurde der Handelsgegner ausgehebelt. Die berühmten *Tagebücher* des Samuel Pepys, begonnen bald nach Cromwells Tod*, dokumentieren einen bereits zur Hypertrophie angewachsenen Geldfetischismus, der sogar die Angst vor der sich 1666 in London ausbreitenden Pest zu übertreffen schien: »Gute Nachrichten an der Börse« ist da zu lesen, oder, noch signifikanter: »Es ist bemerkenswert, wie menschenleer die Gegend um Covent Garden ist, während die City überfüllt ist wie eh und je.« (19. 1 .1666)

Zweck des Staates wird es, gemäß John Lockes *Two Treatises of Government*, den Schutz des erworbenen, durch das Geld längst über das natürliche Maß hinauslangenden Eigentums zu gewährleisten. Despotie muß vor allem abgeschafft werden, weil sie die Entfaltung eines unlimitierten Marktes sabotiert. So und nicht anders verstanden das englische Großbürgertum, der Kleinadel und

* und beendet 1669, aus Angst vor Erblindung.

die Whigs ihre zentrale Aufgabe. Neben den desaströsen Kapriolen der Politik und neben der linear fortschreitenden Geschichte der wirtschaftlichen Expansion, neben despotischem Intrigenspiel und unverhohlenem Finanzinteresse mußte die Kunst sich behaupten. Sie tat es – wie immer gerade in Zeiten, die sie zum Verlöschen bringen wollen. Überlebensmodelle wurden entworfen. Aufgrund ihres Metiers und dessen unbegrifflichem Wesen hatten die Komponisten, verglichen mit den Literaten, weniger Restriktionen zu befürchten. Die nur sechsunddreißig Lebensjahre Henry Purcells zeigen, was sein musikalisches Schaffen betrifft, einen klaren und folgerichtigen Werdegang. Die kunstfeindliche Epoche ging in einer glücklichen Fügung gerade zu Ende, als dieses Schaffen die ersten Höhen erklomm.

Purcells und Drydens künstlerische Allianz vollzieht sich vor dem Hintergrund einer immer perfektionistischer werdenden Bühnenwelt. Es ist die Welt des barocken Strebens, das Innerste nach außen zu bringen, auszudrücken wie Leidens- oder Freudentränen. Der Schein beginnt seinen Triumphzug, rhetorische Magie und artifizielle Gebärdensprache gelten als adäquate Mittel, dem Nichts gestaltend auf die Spur zu kommen, die Nichtigkeit des Irdischen grell zu illuminieren. Zur erneuten Konjunktur gelangt die Allegorie. Alle Künste vereinen sich im wirkungsästhetischen Programm: »Die Reimekunst ist ein Gemälde, das Gemälde eine ebenstimmende Musik und diese gleichsam eine beseelte Reimekunst«, schreibt Georg Philipp Harsdörfer.

Mit dem Endlichkeitsbewußtsein, mit der Vanitasmotivik, mit der Erfahrung der politischen und theologischen Relativierung aller sozialen und metaphysischen Sicherheiten dringt die Lust am Voyeurismus ins Leben und ins Theater. Die Sucht, die nackte, ausgesetzte Seele als nackten, ausgesetzten Körper anzuschauen: Nichts soll im grenzenlosen Repräsentationsraum verborgen bleiben, und damit dies auf der Bühne auch transparent gemacht werden kann, erlangen deren technische Meister nun die alchemistischen Weihen. Der illusionistische Theaterkosmos läßt das Unsichtbare sichtbar werden. Diesem Anspruch stellt sich – auf ihre Weise – auch die Musik. Sie entdeckt die Zaubermittel, das Verborgene hörbar, die Affekte klingend und das Antinomische kompositorisch umsetzbar zu machen. Die Inthronisation der zwölfstufigen chromatischen Leiter im ersten Jahr des 17. Jahrhunderts gab hierfür das Signal. Unvorstellbar noch heute, welche Zäsur in den tonalen Hörgewohnheiten diese Wendung bedeutet haben mag.

III Purcell wußte um die untrennbare und innige Beziehung von Musik und Dichtung. Immer, so legte er mit Dryden 1690 in einer Vorrede zu *The Prophetess or The History of Diocletian* dar, seien sie als Schwestern anerkannt worden, die »Hand in Hand gehend« sich unterstützten. Poesie als Harmonie der Worte und Musik als Harmonie der Töne verhalten sich komplementär. Poesie erhebt sich so über Prosa wie diese sich über bloße Rhetorik erhebt. Musik aber überschreitet die Sprache in der Poesie, sie ist deren ins Unbegriffliche transzendierende, ihr aber immanente Steigerungsstufe. Beiden eignet Autonomie, ihre Amalgamierung jedoch erst vereint, so Purcell, »Geist und Schönheit in einer Person«.

Purcell war sich des durchaus nicht selbstverständlichen Gehaltes dieser Wort-Ton-Ästhetik bewußt. Neben Dichtung und Malerei sah er die englische Musik als »frühreifes Kind«, gleichwohl durchaus bestrebt, »unsere Barbarei allmählich abzuschütteln«. Als Lehrmeister bei diesem Selbstfindungsvorgang betrachtet er die Italiener. Der Leichtigkeit und der Manieren halber sollte auch »etwas französische Art« hinzugemischt werden, denn: »Weiter von der Sonne entfernt, sind wir auf diese Weise von späterem Wuchs als unsere Nachbarländer.« Die italienische und die französische Opernpassion wußte Purcell indessen genau auseinanderzuhalten. Corneilles *Andromeda* sei von den Italienern beeinflußt, aber weit davon entfernt, eine wirkliche Oper zu sein. Die französischen Werke – »Tragödien mit Gesang, Tanz und Maschinen, in der Art der Oper miteinander verwoben« – präsentierten sich in Purcells Augen nur als Versuche. Anzulasten war ihnen außerdem, daß sie von oben inauguriert und finanziert wurden, vom kunstbeflissenen Kardinal Richelieu etwa. Ähnlich das mäzenatische Verhältnis zwischen Louis XIV und seinem übermäßig privilegierten Hofkomponisten Lully. In der 1692 verfaßten Vorrede zu *Fairy Queen* bewundert Purcell die italienische Oper als gleichsam demokratische Kunstform, die unter anderem von den Venezianern auf ihre eigenen Kosten hervorgebracht worden sei. Purcells Beeinflußung durch den zeitgemäßen Pragmatismus Lockescher Prägung streift – nicht zufällig, sondern klug das insulare Interesse kalkulierend – auch die Sphäre der Gewinnorientierung der Oper: »Was für einen Zustrom an Menschen ihr Ruf aus allen Teilen Italiens zum großen Nutzen dieser Stadt zog, ist jedermann gut bekannt, der dort einen Karneval verbracht hat.«

Fast einhundert Jahre nach dem Import des italienischen Madrigals nach England und seiner unverzüglichen produktiven Anverwandlung durch Komponisten wie Bird, Gibbons und Dowland konnte Purcell bereits auf ganz neue und eigenartige Weise mit der Frucht dieser Amalgamierung verfahren. Mehr noch als die Virginalmusic der Partheniameister mit ihrer entfalteten Tastenkunst und mehr auch als das unvergleichliche englische Sololied à la John Dowland leitete diese kontinentale Entdeckung das Ende der elisabethanischen Musik ein.

Schon die ersten gedruckten Werke Purcells, die *XII Sonatas of III Parts* (1668), nehmen bewußt die italienische Manier auf. Gepriesen wird in ihrer Einleitung nicht nur die »Ernsthaftigkeit und Würde«, sondern die nunmehr auch unentbehrlich erscheinende Präsentationsform, die »elegance«, die der »Frivolität und Balladerei unserer Nachbarn« vorgezogen wird – letzteres wohl eine bewußte Volte gegen den vom französischen Stil durchsetzten königlichen Hof. Purcell wagt bald tonale Überraschungen, gleichzeitig erklingende verminderte Oktaven oder übermäßige Primen, auch bislang völlig ausgesparte Septimenparallelen sowie exotische Experimente wie die fünfstimmige *Fantasia upon One Note*, worin ein liegenbleibender Ton von buntester Polyphonie so umspielt wird wie ein Felsenriff von Meereswellen. Purcell entwickelte – ein weiterer Durchbruch – den Motettenstil des konventionellen Anthem bis zum Solokantatencharakter mit dominantem Orchester. Der Entwicklungssprung von der traditionellen Imitationsharmonik der elisabethanischen Epoche zur entfalteten Homophonie mit durchaus persönlicher Signatur vollzog sich ebenso wie die durch und durch neue Färbung alter Formen. Purcells *Services* (Andachtsgesänge) oder das dem Cäcilientag gewidmete *Tedeum and Jubilate* wurden solistisch bereichert, mit Soloarien und Doppelfugen versehen. In *Dido and Aeneas* erscheint eine völlig neue Auslotung der Chromatik für den tragischen Kontext. Didos Sterbegesang, eine Passacaglia von unendlicher Traurigkeit, markiert eine musikgeschichtliche Zäsur, wie Jahrzehnte zuvor Monteverdis *Klage der Ariadne*. Daneben mußte und wollte Purcell unterhalten. Komik bleibt in seinem Werk keine Rarität. Das moderne Hörer an des späteren Hogarths bitteren Humor erinnernde Ballettdivertissement aus *Diocletian*, einer weiteren Zusammenarbeit mit John Dryden, ist ein Beispiel dafür. Ebenso humorvoll die *Catches*, oft äußerst obszöne Kanons, die in exklusiven Clubs vorgetragen wurden und die dezidiert auch auf das aktuelle Tagesgeschehen abhoben. Schließlich noch musikalische Humoresken, darunter die von Dudelsäcken gespielte *Hornpipe*.

IV Als der puritanisch erzogene John Dryden elf Jahre zählte, brach der Bürgerkrieg aus. Auf einer Eliteschule, der Westminster School, lernte er John Locke kennen. Die Hinrichtung von Charles I geschah während seiner Cambridger Studienzeit, als er sich mit ersten Veröffentlichungen hervorwagte. Die kunstfeindliche Epoche bis zur Restauration der Stuartdynastie 1660 brachte dennoch Werke wie *Heroic Stanzas* hervor, eine Ode auf Cromwells Tod. Den Monarchen Charles II feierte Dryden zunächst als Inkarnation des Augustus. Er selbst sah sich dabei nicht ohne Dünkel als dessen Vergil und fügte sich gerne in die Rolle des poet laureate. Endlich wurden die Theater wieder geöffnet, Charles zählte zu deren eifrigen Besuchern, ging beständig der Jagd auf Schauspielerinnen nach. Nell Gwyn, seine Mätresse, führte deren Reigen an.

1662 wurde durch königliches Patent ein Gesetz zur Darstellung weiblicher Rollen durch Schauspielerinnen verabschiedet.

Drydens berühmter, dialogisch strukturierter Essay *Of Dramatick Poesie* gibt in konzentrierter Form die allgemeinen Grundsätze der dramatischen Kunst. Hier zeigt sich der Einfluß der neuen, naturwissenschaftlichen Methode auf die Geisteswissenschaft. Ebenso überzeugt war er vom Nutzen der Literatur. Seine Vorstellung vom ästhetischen Genuß (»to instruct delightfully«) verband diesen Faktor mit dem des unabdingbaren Vergnügens, zu dem auch die Apologie einer entlarvenden, satirischen Aufgabe des Theaters gehörte – ein bewußter Gegensatz zum starren, französischen Regelkanon. Deshalb auch der Ruf nach einem abwechslungsreichen »plot«, der Erweiterung der aristotelischen Einheiten, der Erweiterung des Figurenensembles, der Einführung eines »underplots« mit »second persons« und – nicht zuletzt –: den »underparts of mirth in tragedy«. Seine Semi-Opern machten aus diesen Vorstellungen Ernst. In der Mischform aus gesprochenem Drama und musikalischen Nummern waren die Hauptpersonen vom Gesang noch dispensiert. *King Arthur* war als Huldigung für Charles II geplant. Nach dessen überraschendem Tod rüstete Dryden das Werk um für James II. Nach dessen Flucht vor seinem Schwiegersohn Wilhelm gab Dryden seine Anpassungen endgültig auf.

Dryden mischte sich in verschiedenste kulturpolitische Händel, griff zu schärfster und persönlicher Polemik gegen seine Gegner, wurde irgendwann – wie auch anders – nachts auf einer Alley überfallen und übel zugerichtet. Nach der Thronbesteigung James' II im Jahre 1685 trat er zum Katholizismus über, begünstigt von dem theaterbegeisterten Monarchen, der bald schon, nach der Glorious Revolution, abdankte. Dryden wechselte unter Wilhelm von Oranien nicht nochmals die Fronten, was ihm ohnehin niemand mehr geglaubt hätte. Er schlug sich trotz vieler Krankheiten, Enttäuschungen und Finanznöte fortan ohne Mäzen durch. Seine dramatische Theorie, geprägt von der Nachahmungslehre und der gerade aufgekommenen Affektentheorie, forderte die genaue Kenntnis der Natur, jener allgemeinen Lebenswelt, die der Kraft der Fiktion – »pattern of imitation« – vorauszugehen habe. Dichterische Freiheit ohne Fiktionalität war für Dryden nicht möglich. In *King Arthur* verbleiben noch genügend nichtfiktionale Anspielungen. Das Vater-Tochter-Verhältnis konnte in Zusammenhang gebracht werden mit Wilhelms beliebter Gemahlin Mary, die teilhatte an der Vertreibung ihres Vaters James II. Merlin, Arthurs Ratgeber, war offensichtlich nach dem Modell des wegen Hochverrats inhaftierten Marquis von Halifax gearbeitet, dem das Werk dann auch gewidmet wurde. Nicht diese Anspielungen freilich machten das Werk unsterblich, auch nicht die Enthüllungsängste Drydens, jenes »kleinen, dicken, alten Mannes mit eigenen grauen Haaren, ausstaffiert mit einem schwarzen Anzug, der ihm so knapp saß wie ein Handschuh« (Walter Scott). *King Arthur* bringt den Krieg auf die Bühne, ohne ihn zu verherrlichen. Die Oper handelt – das ist ihre bleibende Größe – von dessen Sinnlosigkeit.

V Am Anfang erweckt die Göttin der Liebe das Theater. Aber nicht lange. Venus gibt eine Topographie des Sinnenglücks. Die lieblichste und schönste Insel, England, birgt auch die Heimat der Lust. Hierfür den zyprischen

Hain zu verlassen, frei von allem Neid, aller Sorge und aller Eifersucht seine Tage zu verbringen: ebendas gelingt dem Knaben Cupido mit seiner »fav'rite nation«. Weiter südwärts ändert sich die Lage. Die Wirklichkeit sieht anders aus. Die Wege des nun sich entfaltenden Werkes münden in einen Vernichtungskrieg. Die schwarzen Pfeile, die abgeschossen werden, stammen nicht aus Cupidos Köcher, sondern von Mars, oder besser: von Wotan, dem gleich zu Beginn die Schönheit geopfert wird, hier repräsentiert durch ein im Kampf erbeutetes, schneeweißes Pferd. Die Klageschreie des Rosses färben den Preisungschor der Sachsen, die sich aufmachen zur efeuumflochtenen Huldigungshalle, wo sie, gierig nach Kampf, genau jenen Saft zu trinken sich anschicken, der auch ihre Gegner so kühn macht. Es soll nicht das letzte Brauhaus der Geschichte sein, in dem ein Gemetzel sich vorbereitet.

Die Göttin jedenfalls hat nur in einer formalen Grußbotschaft noch dem großen Krieg der weißen Männer, der nun anhebt, einen mütterlichen Gegensatz anbeifügen können. Der Vater aller Dinge will ausgetragen werden, steht bereits unmittelbar vor der Entscheidungsschlacht, wie zuvor schon, wie schon ewig, wie auch in aller Zukunft. Thomas Hobbes hat im 13. Kapitel seines *Leviathan* die erwähnte kleine Venusoase folgerichtig so beschrieben: »Die Zeit aber, in der kein Krieg herrscht, heißt Frieden.« – Jetzt aber ist Krieg. Keine wahre Liebe gibt es in der Gewöhnung an solche, sich stählern verewigenden Zeitläufte. Wenn Venus zu singen beginnt, vibriert Europa noch vom Nachbeben der monströsen dreißig Jahre. »Wir sind doch nunmehr gantz, ja mehr denn gantz verheeret ...« weint Gryphius anno 1636. Hobbes beklagt, daß außer der Liebe auch vieles andere nicht mehr gedeihen kann, darunter so Nützliches wie Ackerbau und Schifffahrt. Keine »Werkzeuge höherer Art« mehr, keine Länderkenntnis, keine Zeitrechnung, keine Künste, keine gesellschaftlichen Verbindungen. Das gilt immer und auch für die Teilnehmer an der ritterlichen Tafelrunde und völlig davon unberührt, ob es sie selbst, ihren König Artus und ihren gemeinsamen Kampf gegen die heidnischen Angelsachsen im 5. und 6. Jahrhundert überhaupt gegeben hat; so wie es in der *Historia Brittonum* der Geschichtsschreiber Nennius noch behauptete, ja gar noch ausschmückte durch poetische Bilder wie das vom Britenkönig, der in großen Schlachten stets ein Bild der jungfräulichen Maria auf den Schultern getragen haben soll; bestimmt keine Göttin der Liebe wie Venus, der sie die barocke Kunst des 17. Jahrhunderts immer wieder polar gegenüberstellte, aber sicher auch keine Schlachtenjungfrau nach altem germanischen Brauchtum.

Drydens Krieger jedenfalls geben gleich am Anfang des ersten Aktes einen strategischen Überblick. Eine »Invasion« hat stattgefunden, die Endschlacht steht bevor, die angestammte Heimat muß verteidigt werden. Wohlbekannte Sprüche, wozu auch die Bemerkung gehört, daß man vom Feind nie das Gesicht, wohl aber immer den von den Briten zerfetzten Rücken gesehen habe. Wozu jedoch soviel Aufhebens vor solchem Schwächling? Noch heute soll der Sachse im Meer versenkt werden. Oswald aber, der Sachsenkönig, zieht nicht nur für männliche Ehre in den Krieg. Conons Tochter selbst, die blinde Emmeline, Artus' Braut, und nicht – wie eingeräumt wird – ihr Land und Erbe, ziehen Oswald an. Conon weiß das: »So ist er nicht. Er liebt sie –«.

Wir sind im Theater. Krieg und Liebe also, die altbewährten Koordinaten, sind gesetzt, auch wenn die blinde Braut im dritten Akt die unvergängliche Kardinalfrage stellen wird: »Wie könnt ihr Männer Frauen lieben?«

Merlin, der Zauberer, der später, in Tankred Dorsts gleichnamigem Stück, irgendwann mit versengten Haaren am Boden liegt, mit verkohlten Stümpfen, vor Städten voll Schutt und Rauch, in wüstem, mit Kadavern und Unrat bedecktem Land, und mit der verdammten Weltgeschichte nichts mehr zu tun haben will – ein Topos nach Desastern –, Merlin also gibt sich hier bei Dryden und Purcell und nach Wallenstein Manier noch als unverdrossener Optimist: »Die Winde und die Sterne gut,/ Keinen Zweifel gibt es mehr am Sieg.« Im Geisterreich, für das er zuständig sei, färbe er die Erde bereits rot. Er hat sogar ein Mittel parat, das blinde Mädchen sehend zu machen. Magisch wie Gretchen dem Dr. Faust in der Walpurgisnacht, so erscheint vor des Königs Augen das Bild der Geliebten im Gefängnis. Emmeline probiert das Mittel und wird sehend. Im ausgelösten Blitzlichtgewitter, voll von schmerzenden Strahlen, erblickt sie das Licht der Welt und wünscht sich zugleich zurück in die Dunkelheit. »Ist denn nicht sehen/ Berühren mit den Augen?« hat sie im ersten Akt noch gefragt. Was ist, so fragte Umberto Eco in *Die Insel des vorigen Tages*, Sehen anderes als der Zugang zu einem Licht, das vom betrachteten Körper zurückgestrahlt werde: »Indem ich ihn sehe, wird mein Körper vom besten Teil des geliebten Körpers durchdrungen, von seinem luftigsten Teil, der durch den Kanal der Augen direkt zum Herzen gelangt.« Hier aber wird gar nichts zurückgestrahlt. Stumpf erscheint das Angeschaute dem sehenden Auge. Auf Licht möchte es künftig wieder verzichten. Für Emmeline zerstört es das Leben, das aus der Vorstellung gewoben war und merkwürdige Fragen hervorbrachte, wie etwa: »Haben Männer kein Gesicht?« John Milton, der blind wurde, bevor er diktierend ins verlorene Paradies einging, stellte in *Samson Agonistes* die phänomenologische Frage: »Wenn Licht so lebenswichtig ist / Und fast das Leben selbst, und wenn es wahr ist/ Daß Licht ist in der Seele / Und sie in jedem Glied, warum ist es / Einer so weichen Kugel wie dem Auge anvertraut / So offensichtlich und leichthin auszulöschen?« –

Emmeline, das Mädchen, rennt zunächst voller Freude wie toll umher und ruft: »Ich bin ein anderer Mensch.« Bald aber wird aus dem Anderen das Fremde und hernach das Bedrohliche. Schatten und Spiegelbild enttäuschen. Die größte Enttäuschung erscheint dann mit Artus selbst, den Emmeline musikalisch mit dem Geist des Krieges assoziiert: »Du siehst so kriegerisch aus, unsanft, wild« und: »Gehörst du nun dem Krieg, gehörst du mir? / Sind die Trompeten tot, die Menschen töten?« Ein Irrtum, denn nicht die Musik tötet. Ein Irrtum auch die Botschaft der ewig kompakten Majorität, des Opernchores, der nunmehr die Szene betritt und Emmelines Sehkraft verklärt: »Dein Auge wie helle, / Ruht auf der neuen herrlichen Welt! / Auge, der Lust und der Liebe Quelle« – eine fast zynische Apotheose des »Augenblicks«.

Irritierend einzig Emmeline, die sich ihre Blindheit zurückwünscht, wie Hiob sich wünschte, gar nicht erst geboren worden zu sein. Mächtig blähen sich die Elemente. Purcell setzt Blech ein, der Gott des Windes bläst in die Trompeten der Atmosphäre, und der tönende Rauch des Krieges zieht ab, nachdem Oswald und Artus – so verlangt es die patriarchalische Unabdingbarkeit – im Zweikampf aufeinanderprallten, bis endlich Merlin das ewige

Ritual unterbricht. Am Schluß dann wieder das Happy-End des »fav'rite island« oder – im Musiktheater der Gegenwart – das selbst zum Stereotyp gewordene Gegenteil solch erpreßter Versöhnung.

In *Purcells Traum von König Artus* dagegen erfüllt, gleichsam als antizipiertes Klangmaterial, das pendelartig wiederkehrende Geräusch einer monumentalen Abrißbirne diesen Schlußraum. Man denkt an Merlins Worte bei Tankred Dorst: »Die Minuten und Stunden laufen im Kreis. Wir müssen nur warten, dann kommt die Zeit wieder vorbei.« Wie lange noch?

Norbert Abels

Tankred Dorst
im Suhrkamp Verlag

Werkausgabe

- Band 1: Deutsche Stücke. Mitarbeit Ursula Ehler. Mit Fotografien. 614 Seiten. Leinen
- Band 2: Merlin oder Das wüste Land. Mitarbeit Ursula Ehler. Mit einem Nachwort von Peter von Becker. 312 Seiten. Leinen
- Band 3: Frühe Stücke. 402 Seiten. Leinen
- Band 4: Politische Stücke. 430 Seiten. Leinen
- Band 5: Wie im Leben wie im Traum und andere Stücke. Mitarbeit Ursula Ehler. 446 Seiten. Leinen
- Band 6: Die Schattenlinie und andere Stücke. Mitarbeit Ursula Ehler. 374 Seiten. Leinen
- Band 7: Die Freude am Leben und andere Stücke. Mitarbeit Ursula Ehler. 400 Seiten. Leinen

Zu Tankred Dorst

Tankred Dorst. Herausgegeben von Günther Erken. st 2073. 424 Seiten